公元787年,唐封疆大吏马总集集诸子精华,编著成《意林》一书6卷,流传至今
意林:始于公元787年,距今1200余年

青春未央

在长成大人之前,
以时光铭记

小鲶鱼

甜蜜的少女时代

Sweet girlhood

鲨鲨比亚 著

吉林摄影出版社
·长春·

图书在版编目（CIP）数据

小鲶鱼：甜蜜的少女时代／鲨鲨比亚著.——长春：吉林摄影出版社，2018.10

（青春未央）

ISBN 978-7-5498-3855-4

Ⅰ.①小… Ⅱ.①鲨… Ⅲ.①长篇小说—中国—当代 Ⅳ.①I247.5

中国版本图书馆CIP数据核字(2018)第241724号

小鲶鱼：甜蜜的少女时代
Xiaonianyu Tianmi de Shaonü Shidai

著　　者	鲨鲨比亚
出 版 人	孙洪军
执行策划	Fairy
责任编辑	施　岚　胡晓路
图书统筹	安　安
特约编辑	李　康
绘　　图	lcy菜园子
书籍装帧	胡静梅
美术编辑	李　成　刘　静
开　　本	880mm×1230mm　1/32
字　　数	210千字
印　　张	7
版　　次	2018年10月第1版
印　　次	2018年10月第1次印刷

出　　版	吉林摄影出版社
发　　行	吉林摄影出版社
地　　址	长春市泰来街1825号
	邮编：130062
电　　话	总编办：0431-86012616
	发行科：0431-86012602
网　　址	www.jlsycbs.net
经　　销	全国各地新华书店
印　　刷	北京嘉业印刷厂

书　　号	ISBN 978-7-5498-3855-4	定价：32.80元

版权所有　侵权必究

如发现印装质量问题，请与印务部联系退换，电话：010-51908584

目录 Contents

- 楔　子　　　　　　　　　　　　001

- 第一章　鲶鱼少女　　　　　　　003
  开学第一天就有人传班里有三条"鲶鱼"，众学生都在暗中互相观察……

- 第二章　叛逆少年的世界　　　　021
  "我最近计划拍摄一个电影短片，你能来当我的女主角吗？"

- 第三章　麦田里的守望者　　　　053
  并不是有勇气和这个世界对抗的叛逆的孩子才算有自我，天生温和的孩子一样有自我。

- 第四章　假面舞会　　　　　　　085
  在学校里，因为长相甜美性格温和，老师和同学也都很喜欢她。但刘震的所作所为却让苏雪生平第一次尝到了被欺负的滋味。

目录 Contents

♥ **第五章 天台秘密站** 111

  天台上,一只红色的纸飞机忽然被金宝宝掷出,飘飘荡荡地向楼下飞去。金宝宝拉出标准的自拍距离和角度,一边哭一边连按拍摄键。

♥ **第六章 少女在路上** 155

  为了能顺利度过求学生涯中最为重要的三年,她极力降低自己的存在感,很多事情都主动回避。可是,哪个女孩子不想自己光鲜灿烂,被众星捧月地环绕呢?

♥ **一本正经的后记** 205

楔 子

暑期开始之前,我就开始面临一个极大的烦恼,这个夏天去哪里呢?

去摩洛哥看天蓝色的小街巷?去古巴感受拉丁舞的热情?去德国瞻仰天鹅堡?去西班牙逛一逛怪异却又萌到炸的米拉之家?去土耳其坐热气球掠过五彩斑斓的棉花城堡?去斯里兰卡拜访大象孤儿院?去奥兰多见识一下三次元的哈利·波特魔法?去日本走一走花见小路,然后戴着墨镜去看闪亮亮的金阁寺?

太多的选择让我觉得像跌进一个浴缸那么大的糖果罐,每颗糖果看上去都那么甜美,但一次只能吃一颗啊,亲!

最后,妈妈拍板决定,我们去了加拿大。

第一天的行程安排是,尼加拉瓜大瀑布。

在热烈阳光下,如碎银般闪闪发光的瀑布就好像从湛蓝的天幕上直接倾泻而下。

我第一次见到这么壮丽的景色,第一次领会到李白所写的"疑是银河落九天"中的浩渺无边的意境。

坐在高速行驶的游览船上的我,感觉到饱蕴水汽的风像巨型蝴蝶的翅膀,一下下轻轻拍在我的脸颊上。

游览船一直开到不能更接近瀑布的地方才停住,我感受着船体的波动,不远处的瀑布挟裹着雷霆之势,像是一只尽

情打开翅膀的白色凤凰,由极高处呼啸而下。

瀑布上飞溅的水花如雪如银,海鸥上下翻飞,像要扑食那些美丽剔透的水之花,奇异的双彩虹像若隐若现的波板糖,嵌在天幕和水幕之间,熠熠生辉,美得如梦似幻。如果谪仙、精灵这些传说中的生灵真的存在的话,应该就是住在这样的地方吧?

这才是鬼斧神工的自然造化之力才能开凿出的真正美景啊!我觉得自己那颗只有拳头大小的心脏,像是被眼前这壮阔的景象强迫撑开了。这是我第一次真正领会到自然力量的伟大,以及自己的渺小。

壮哉,这天!这地!这山!这水!

地球这么美,我相信,我会用我的脚步一步步去捕捉,把这些美丽熔炼成小小的珍珠,一点点装填进我的灵魂,然后有一天……我将变成一个行走的"珠宝箱",哈哈哈哈!

——摘自"小公主在路上"的博客

第一章

鲶鱼少女

开学第一天就有人传班里有三条"鲶鱼",众学生都在暗中互相观察……

何菇最喜欢听理发剪刀轻轻开合时"咔咔"的轻响。阳光非常好的天气里,从妈妈的剪刀下飘落的头发,看上去会有那么一点点像蒲公英的冠毛。

理发铺在小街上,左边是花店,右边是寿衣店,也卖纸扎的房子呀,家具呀,附近的居民都平凡而普通,所以对这种乱糟糟却充满生活气息的布局毫不介意。妈妈的理发店生意一直挺好。男人理发只要五元,女的洗剪吹不过区区二十元,全套的烫染也才一两百元。好多人在这里做完了头发,还会去寿衣店隔壁的卤菜店买些猪耳朵、鸭翅膀、泡椒凤爪带回家吃。

何菇从小就是在这里长大的。她不知道爸爸是谁,可是也没觉得这样有什么不好。

如果问妈妈爸爸在哪儿的话,她就插科打诨:"他在南极饲养企鹅。""他去终南山修仙啦,搞不好已经渡劫了。""好像是在太平洋的哪个岛上开荒。"

过去年纪小,何菇对妈妈的话自然深信不疑,她会认真地去地图上找"南极""终南山""太平洋不知名的岛屿"这样的地点。

后来明白妈妈在信口胡诌,何菇也不生气。

第一章
鲶鱼少女

也许是因为小孩子的快乐和物质、处境之类的都没关联，总之，小时候的何菇一直都是很快乐的。来往店中的客人和她说话逗乐，赞她长得乖巧清秀，她很高兴；偶尔有人和妈妈争执，说剪坏了发型，她站在一旁看着也觉得十分有趣；放学做完功课要帮妈妈清扫地上的碎头发，何菇一样干得很起劲。她总觉得那些被剪掉的头发比长在主人头上时显得要温顺可亲。一团团地聚在一起，这个人的，那个人的，亲密无间拢作一堆，在幼小的何菇看来一点儿都不肮脏，相反还很可爱。

"她妈妈是剪头发的啦！"同学有时会说这样的话。

刚开始，何菇不在意，因为妈妈确实是剪头发的，而且剪头发剪得特别好，剪刀"咔咔"开合的声响就像玻璃风铃那么好听。但后来，她渐渐明白，那是别人在取笑她极其普通的家境。

于是，不用妈妈怎么敦促，何菇开始越来越认真地学习。

本来选择高中对何菇妈妈来说是件很头痛的事，理发店的收入只能勉强维持她母女俩的日常生活，根本攒不下什么钱，不管是高中的费用还是大学的费用，对她而言都是一笔沉重的负担。

结果，何菇拿回来一份私立高中的录取通知书。

"哎呀，你娘亲我得去卖肾了。"妈妈捧着光滑又挺括、右上角盖着设计精美的印章的本白色卡纸，又惊又喜又发愁。

何菇抿嘴笑起来："有全额奖学金呢。"不但学杂费用全免，每个月还有助学津贴。

妈妈用力眨眨眼,不敢相信还有这样的好事。用力深吸几口气之后,她一手捏着录取通知,一手拿起了电话。何菇以为她要向谁报喜。

"喂,110吗?"

"妈,你干什么?"何菇吓了一跳。

"我问下这是不是诈骗啊。咦,这学校怎么是英文名的?蘑菇你告诉妈妈这个怎么念,啊,中文名在这儿,我找到了。"妈妈絮絮叨叨地自语着。

何菇在一旁捂脸。

接听电话的民警态度非常亲切:"是的,载厚中学真的存在,位于本市城南区。是的,对特定学生提供奖学金。是的,是一所私立学校。"

"谢谢你哦,对了,警察同志你怎么知道得这么清楚?"

"是搜索引擎告诉我的。当然还有,我上下班的途中经常路过这所学校。"

妈妈再次道谢,民警客气地美言道:"您家孩子能拿到这所学校的奖学金,一定特别优秀。"

"那当然,我女儿智商得有一百八,画画还画得特别好。"妈妈一兴奋,彻底忘记自己现在打的是公务电话,摆出准备好好唠一番嗑的架势,"得,我女儿翻我白眼呢,警察同志,我就不打搅您工作了。对了,我该怎么给您打五星好评?我对这通电话的体验很满意!"

何菇不得不将电话抢过来:"你以为你打10086呢?"

没过几天,何菇就收到一条陌生号码发来的短信,自称

第一章
鲶鱼少女

是载厚中学的老师夏闪耀，将担任何菇所在高一（1）班的班主任，并提供了一个班级群号。

何菇将信将疑，登录了载厚中学的学校官网，在教师介绍里真的找到一位叫夏闪耀的老师，确认是他本人，这才放心加了群。

何菇进群之后发现这个群里已经有接近四十个人了，大家热火朝天地聊着天。夏老师也很快加入进来，说群空间里上传了一些关于学校的详尽资料。何菇因此看到比学校官方网页上更多的内部照片。

外观格外恢宏的教学主楼，科学馆，博物馆，图书大楼，多功能活动中心，大礼堂，功能完备的室内体育馆，馆内有奥运标准的泳道、器械齐备的健身房、舞蹈练功房、篮球馆、羽毛球馆……

何菇看得目不暇接。在夏老师亲自撰写的介绍里，还提到丰富多彩的课外活动。光是第一个秋季学期，就有迎新舞会、运动会、秋季出游、校园艺术展、万圣节游行、建校纪念日庆典、平安夜庆典、新年倒数晚会和期末聚餐等大型活动，其他小的活动项目更是不计其数。

至于校园社团的名单，何菇粗略扫了一眼就发现竟有几十个之多。何菇看得头晕眼花，心中因为兴奋而有些飘飘然，一时竟然有点儿不知所措。

夏老师宣布了他在从初中部直升上来的学生里指定的几位临时班委，并说正式的班委选举将在开学后一个月举行。而夏老师下线后，学生们则更加热烈地在群里交谈起来。代

理班长提议每个人都自我介绍一下，说一说自己原本来自哪个学校、兴趣爱好、出生日期、社交账号，她来做一个汇总统计。大家纷纷响应，有些同学还大方地贴出了自己得意的自拍照。

何菇按照要求认真地写下了自己的基本信息，发送后才发现自己写的那条被不断滚动的聊天记录瞬间淹没了。何菇并不介意，安静地看着那些陌生的同学你一言我一语谈论着各种有趣的事情。

忽然手机振动了一下，有人@（提到）了何菇并说："何菇，你的名字好可爱啊。"

何菇很意外也很激动，但到底摆不脱自卑的情绪，小心答了两个字："谢谢。"

那个同学大概觉得何菇有点儿无趣，又去找别人搭话了。

妈妈走进房间催促何菇吃晚饭时，就见她目不转睛一脸虔诚地盯着手机屏幕，马上打趣道："哎呀，我说闺女啊，你可别堕落成网瘾少女，你妈我可没钱送你去电击治疗。赶紧歇息歇息！"

何菇不好意思地笑笑，依依不舍地放下手机。

何菇和妈妈住在离理发店不远的小平房里。统共一间屋，因为不需要在家里开伙，所以没有厨房，只在进门处一张旧桌子上摆了一个电饭锅和一只电磁炉，也不需要在这里接待客人，所以没有客厅。

一大一小两张床以L形摆在屋子最里面。因为天热生意淡，理发店不需要帮手，何菇吃过晚饭就跑去附近的快餐店点了一杯可乐蹭网,继续孜孜不倦地看群里五花八门的聊天信息,看得十分认真。

有位女同学晒出了刚刚收到的夏季校服,是改良旗袍式的短袖上衣,盘扣和衣领十分精致,下装是一条百褶半身裙。整套校服用色淡雅,面料看上去柔软又不失挺括。只看一眼,就让人很是憧憬未来的校园生活!

何菇十分羡慕,心想自己的校服应该也会很快寄到家里来的吧。但直到快餐店内负责清扫的员工不小心将拖布碰到何菇的脚时,何菇这才惊觉时间很晚了。

何菇回到家的时候,见妈妈已经睡下了,何菇轻手轻脚地走到小床边躺下,草席摸上去特别凉爽,还有淡淡的香气,在夏天的夜里莫名地有点儿温馨,妈妈应该是掺着六神花露水仔细抹过了。

两床交接的地方悬着一个微风吊扇,但没有打开,何菇刚躺下,就听见"啪嗒"按动开关的声音,还有妈妈充满疲倦的嘱咐的声音:"早点儿睡吧。"

细细的风一阵一阵地拂过来。何菇吹了片刻,便又把开关关掉了。

自何菇记事开始,妈妈就在严格地控制着家里的每一项花销,衣食住行全覆盖,三百六十五天不停歇。她赚的本来就不多,若不狠心逼自己省钱,何菇以后上大学的费用是无论如何都拿不出来的。

"妈妈可是用一个人的收入在养你啊。"

这话妈妈说过一次,只有一次,但何菇记得很牢。大概

也就是从那时开始,她成了学校里最刻苦勤奋的学生。妈妈那么辛苦都要供她念书,她怎么可以不努力呢?她怎么能辜负妈妈的良苦用心呢?

如今努力总算小有回报,载厚中学的一切都让何菇觉得新鲜,她在床头挂了一本老式的可撕日历,越临近开学的日期她就越期待,简直有点儿像小时候期盼过春节的心情。当然,除了期待还有忐忑。

八月底的一天,代理班长在群里发起倡议,说要举办一个girl's party(女生聚会),地点是位于本城最大的都市商圈内的甜品店。何菇特意去网上查了这家店的网页,虽然好评如潮,但那个平均消费一百五十元的标签却令何菇咋舌。这有点儿超出她的消费水平!

妈妈在理发店推一个平头,只要五元钱。一百五十元,那可是三十颗被推平的脑袋。嗯,这么对比好像有哪里不对,但差不多就是这个道理。

"怎么了?"妈妈发现何菇正抱着手机发呆。

"啊,没什么。就是新班级有个活动。"

"那你去啊。"妈妈鼓励道,"去和同学熟悉一下。"

"可是聚会的地方,"何菇犹豫着说,"很贵呢。"

"多少?"

"一百五。"

妈妈用力一拍胸口:"哎哟,我还以为成千上万呢!一百多而已,去,自己去收银机里拿两百块钱。"妈妈豪气地一挥手。

第一章
鲶鱼少女

何菇迟疑了一下,还是敌不过心底的向往,打开了收银机,抽出两张百元的钞票。

"妈妈,那我去了啊。"

"嗯。"专心晾晒着刚刚洗好的毛巾的妈妈头也不抬地回了声。

公交车站就在对街,何菇等车的时候举目看向理发店所在的那排门市房,在钻石般明晃晃的阳光的照耀下,理发店的门楣显得更加破败。妈妈正支起简易晾晒架,把洗好的毛巾逐一挂上去。别家理发店的毛巾一般都选用深褐之类的颜色,因为不显脏,妈妈选的却是天蓝色。每次洗涤,她都是先手洗一遍,然后放入洗衣机再洗一遍。所以即使毛巾有点儿旧了,看上去依旧特别洁净。

公交车终于来了,妈妈也晾好了毛巾,直起腰时,发现何菇正在街对面看着她,笑眯眯地冲她挥挥手,转身走进发店。

因为是午后,公交车上很空,随着车门打开,凉爽的空气吹向何菇。

何菇抬抬脚,却又收了回去。在司机不解的注视下,何菇又向后退了几步。

"怎么回来了?"妈妈诧异地问。

"啊,活动忽然取消了。"

何菇走回收银台,将两百元钱又放了回去。天热生意淡,收银机的分格里不管整钞还是零钱都寥寥无几,她看着都觉得有点儿不忍心。

"我说闺女,"妈妈拉开一张沙发椅,示意何菇坐上去,"反正现在也没客人,妈妈给你修修头发?"

"好啊!"何菇马上雀跃起来。

"你想要剪成啥样?"

"短一些吧,好打理,省时间。"

"啊,那干脆剃光头吧,洗发水都省了。"

"什么啊,你买洗发水不都是进货价吗?"

母女俩开心地斗起嘴来。

甜品店的聚会,班上的女生差不多全到了,其中一大半是初中部直升上来的,所以原本就认识,只有一小部分是真正的新生。

在代理班长的带领下,两群女孩很快融合在一起,她们落落大方地互相介绍自己,客气地寒暄。过了一会儿,"暑假时去了哪里旅游"成了讨论的主题。

巴黎、东京、香港、悉尼、洛杉矶、伦敦……各大城市的名字被逐一报出。

"我去了洛杉矶!我在美国出生的哦,所以我随时都可以去!"有个女孩声音异常响亮地说。

好几个女生都毫不客气发出讪笑的声音。

"对了,你们收到的校服都合适吗?"有人干脆岔开话题问大家。

"短了点儿呢,我最近长高了啊。"

"我也是。"

女孩子们纷纷讨论起来。

第一章
鲶鱼少女

"你的校服合身吗？"坐在倪亦柔身旁的女生搭讪着问。满屋子花样年华的少女，但最漂亮最夺目的却是穿了一袭烟灰色长裙的亦柔。刚才她一走进甜品店，所有人的目光都被吸引到她身上。

身材高挑纤细的亦柔看上去比实际年龄要成熟一些，黑色绸缎般的直发优雅地垂落在她漂亮的锁骨上，始终挂在嘴角的微笑恰到好处地中和了她过分秾丽的五官带来的距离感，活像一位出身尊贵的公主。

在场几个初中部直升的漂亮女生立即感受到亦柔带来的威胁，但亦柔无可挑剔的举止，令她们在她身上找不到任何减分的破绽。

"不怎么合身呢，"亦柔笑了笑，声音悦耳柔和，"又紧了不少。已经送去修改了，不知开学时能不能弄好。希望不要耽误开学吧！"

健康苗条的身材，优雅从容的微笑，得天独厚的气质……就连那几个试图在亦柔身上挑错的漂亮女生也不由得羡慕地看着亦柔。

"对了，我姐姐今年不是毕业了吗？她把她的校服挂到网上去卖了。"

"二手的谁要啊？"

"立即就被买走了呢。"

"一块钱卖掉的吧？"有人打趣。

"哪里啊，好几千呢。"

其他女生纷纷发出惊叹声，并表示等毕业了也要把校服

挂到网上去卖掉。七嘴八舌交谈了一会儿,大家交换着加了朋友圈。

"亦柔,你暑假去看了尼加拉瓜瀑布啊?"有人打开了亦柔的朋友圈,看到最新一条状态更新。

"嗯。"亦柔含蓄地点点头。

之前那个炫耀自己在美国出生的女生被所有人冷落了。亦柔有些好奇,打量了她几眼。

"那家伙啊,"有人开始向亦柔八卦,"不怪大家都躲着她,有名的奶嘴女生啊。"

亦柔露出不解的表情。

"初中了还让保姆跟着喂饭。"

"什么?"亦柔无法置信。

"被人拍下来传到网上了呢。"另外一个女生加入进来说,"我们初中时就有期末聚餐的传统,可以带家长一起去,金宝宝却带了她的保姆。其实这也没什么啊,是从小带大自己的人嘛。可是,金宝宝吃饭的时候,她的保姆竟然一直在喂她。保姆用筷子夹了菜直接喂进她嘴里。天!"

"喂了全程哦。"有人补充。

"于是不知就被哪个同学偷拍了,那段视频可火了,现在在网上都还搜得到呢。"

"喏,就是这个。"有同学迅速搜索出来,将手机递给亦柔。

嘈杂的背景声中出现一个坐在圆形餐桌旁的女生,因为拍摄的时候取景框放到了最大,画面不是非常清晰,但依然

第一章
鲶鱼少女

看得出她就是那个被同学们孤立的女生。她穿着一身可爱的彼得潘领波点连衣裙，脸蛋也长得精致可爱，一看就是个优渥家庭出生的女孩。可雷人的是，她手里捧着个mini iPad（迷你平板电脑），不知在看什么，看得她目不转睛的，坐在她身旁的是一个面善的中年妇女，不停地夹起各种菜肴，用另一只手托着，小心翼翼地喂进少女的嘴里，那样子看起来就像是在给两三岁的小孩喂食。

"是不是特别像个生活不能自理的小孩？"有人刻薄地点评。

亦柔无言以对。这么大的人吃饭都不自己动手？亦柔又抬头向那个名叫金宝宝的女生望去，见她一个人坐在角落，正埋头大吃一个巨型的香蕉船。

"所以后来她得到教训，学会自己吃饭了？"

周围的女生一起笑得前仰后合。亦柔垂了垂眼睛，其实她这么说并没有嘲讽的意思。

"对了，你们知道我们班的cat fish（鲶鱼）是哪几个人吗？"有个女生问道。

"cat fish？鲶鱼？"亦柔问，"是指什么？"

"我们学校高中部，不是有专门给成绩好但负担不起高昂学费的学生设立的助学金吗？这种学生就被称作cat fish。"代理班长解释道，"据说这是学校创建人的主张，在每个班级里安排几个成绩好却家境普通的学生，制造"鲶鱼效应"，激发来自富裕家庭的学生的活力和竞争力。"

"啊，这样啊。"亦柔点头，心中却想，普通家庭和富

裕家庭，在载厚中学还真是有意思呢。

"怎么可能知道 cat fish 是谁啊，这种资料一向都是保密的。"一个女生说。

"保密有什么用？开学那天不就都知道了。"另一个女生竭力反驳道。

"为什么呢？"亦柔问。

"因为我们这种自己交学费的是开学前就能领到校服，那些鲶鱼却没有。"

"是啊，好像是因为承接我们校服制作的外包公司，因为账务结算方面的问题，所以把两类学生的校服分开来处理了。如果是受资助的学生，就要等到开学后一段时间才能领到校服。"代理班长解释着。

"所以，开学那天，谁没穿校服谁就是 cat fish 啊。"

"说真的，不明白搞这样的制度是干什么？大家都谈不到一起去。"有人不屑道。

"是啊，比如今天这样的活动，那些家境很普通的孩子肯定不会来啊。"

"对了，班长你看看今天有谁没有来？"

代理班长笑笑："你查案啊？"话题终于被岔开了。

女孩子们又谈笑了一会儿，亦柔起身去了一趟洗手间，回来时代理班长提议结账："我去把账先结了，然后你们各自把个人的花销交给我，微信、支付宝转账都可以。"

亦柔道："刚刚我已经结过了。"

大家都觉得意外。有人马上取出手机要把钱还给亦柔。

"这么见外？以后等你们请回来啊。"亦柔笑道。

"也好，"代理班长想了想，"以后我们就用这种轮流做东的方式来聚餐。"大家纷纷响应。

远远坐在角落的金宝宝抬头看看亦柔，亦柔留意到她的注视，报以一笑。

金宝宝起身想上前找亦柔说话，但亦柔已经偏开脸和旁边的同学交谈起来。虽然亦柔对金宝宝印象并不坏，但大家都排斥的人，她主动去接近，显然是得不偿失啊。

女孩们一边收拾东西一边纷纷起身准备离开，有个戴眼镜的女孩过来轻轻拍拍亦柔的肩膀："你那篇游记写得好好看啊！"

"什么游记？"旁边的同学追问。

"就是亦柔去尼加拉瓜瀑布玩写的游记。"

"是吗？我刚才没来得及细看。"好几个女孩子都把刚刚收起来的手机又拿了出来，连代理班长都忍不住点开手机。"小叶子可是我们初中时候的文学社社长呢，她说好看那肯定是特别精彩。"

亦柔脸上微红："只是随便乱写的。"

"随便乱写都这么好？亦柔你来加入我们文学社吧？"小叶子抓紧机会招募精英。

另外几个女生看完了游记，也纷纷夸奖亦柔。

"倪亦柔我能加你的微信吗？"亦柔侧身，看到比自己矮了很多的金宝宝站在她旁边，声音清脆地问她。亦柔略略迟疑："当然可以啊。"她取出手机。

旁边几个女生忽然全部沉默下来。

"我……"亦柔的手指悬在 home（主页面）键上，迟迟无法按下去。

"今天没空啦，改天再加。"有个女孩将亦柔向后一拉，"我们等下还有别的活动。"说完一群人就簇拥着亦柔乌泱泱地离开了甜品店。

"等下去看电影吧？""好啊好啊。最近有一部很好看呢。""去南区那家影院吧，新装修的，我们正好包个厅。"……女孩子们七嘴八舌地讨论着。

店外不远处就是斑马线，等待绿灯的时候，亦柔转头看了看，发现金宝宝也跟了出来，却又在店外的一只垃圾箱旁停了下来。垃圾箱旁边还站着一位佝偻着背的白发苍苍的老奶奶。

金宝宝从随身的背包里取出一瓶矿泉水，然后拧开了，亦柔以为她是想把水倒了将空瓶送给拾荒的老人，结果金宝宝把水塞进老人手里请她喝。"奶奶，你喝。"金宝宝清脆响亮的大嗓门传得很远。

"走啦，亦柔。"绿灯亮起，有人拉了拉亦柔的手。天气很热，亦柔感觉到阳光照在皮肤上灼痛的感觉。

妈妈为何菇剪了一个齐耳的波波头，何菇头小脸小、眉目清秀，非常适合这种俏皮简单的发型。

"哟，一下子有人样了。"妈妈站在何菇身后端详着。

"那我之前难道不像人啊？"

"像小猴子。"

第一章
鲶鱼少女

"有其母必有其女，呵呵。"何菇毫不客气地顶撞回去。

母女俩一起开心地大笑起来。

何菇心中因为不能去参加甜品店聚会的委屈早已烟消云散。新学校的课外生活再丰富多彩，也和她毫无关系，她去上学唯一要做好的事就是学习。

何菇看着镜子里的自己，觉得她已经得到了最美的装饰品，即将临近的开学日，也因这个漂亮的新发型而更让何菇期待。她可能是全校最穷的学生，她无力掩饰这一点。但她的妈妈能亲手修剪出可爱又精致的发型，这是生活给她的最美好的装饰。

这天晚上何菇撕去日历上旧的一页时，在心里为自己打气，过去她是个成绩优异的好学生，接下来的三年她仍旧会是。总有一天，她会背负起她和妈妈两个人的未来！

新学校马上就要开学了，昨晚我做了一个梦，我梦到和父母一起去美国自驾旅游的情景。天蒙蒙亮的时候我们就离开酒店出发了，美国中部的高速公路十分空阔，开了很久，难得碰见几辆别的车，感觉整条公路都被我们一家人包场了。最初天空阴沉沉的，还飘起了一阵淅沥小雨，我看着窗外祈祷天会放晴，阳光像是感应到我的凝视似的，雨丝消失了，太阳在堆垒如一座又一座棉花城堡的云层之后放出光来。

渐渐亮起的天光大片大片从云层的间隙倾泻而下，如同垂天坠地的半透明的纱幕，温柔地笼罩着田野间的小径。

小径的尽头隐约可见漆成白色的农舍，就像童话里的小

屋,住着善良的农夫和他们的孩子,还有各种可爱的动物。

坐在疾驰的车中的我,心中满满的都是对即将抵达的目的地的好奇和向往。

我相信,迎接我的一定会是一段绝妙的旅程。

——摘自"小公主在路上"的博客

第二章
叛逆少年的世界

"你听过马夸特面具吗？我觉得你的脸几乎完全符合这个面具。"夏瞳旁若无人地继续说道，"我最近计划拍摄一个电影短片，你能来当我的女主角吗？"

"我……我……我不知道你在说什么。"何菇结结巴巴道。她一定是听错了！何菇想。

"我最后一遍告诉你,我不准备再去学校了!那里对我来说,就是想象力的牢笼!"

"你必须学会适应这个世界,你'中二病'再病入膏肓,现实世界也不会为了迁就你而有丝毫的改变。"

姐弟俩的音量都飙到最高,十米挑高的客厅内,两人气势汹汹地对峙着。

"现实世界算什么!我以后自己造一个世界!"夏瞳豪气干云地说道。

辰荑一巴掌拍在他脑后,扇得他脑袋像小鸡啄米似的前后晃动。

"打傻了你赔啊?"

"当傻子就不会再做虚无缥缈的导演梦了!"辰荑毫不留情。

"反正我不要再去上学了,应试教育一点儿都不适合我!"被辰荑揪着衣领拽到玄关前的夏瞳赌气地开始一双一双向门外丢他的鞋子,正在门廊里晒太阳的小猫们吓得一股脑儿飞蹿出去。

辰荑冷笑着站在一旁看着弟弟耍赖,直到他把所有鞋子都扔了出去:"我告诉你,今天你就是光脚都得去学校!"

第二章
叛逆少年的世界

夏瞳气得脸红脖子粗:"为什么一定要逼我做我不想做的事?"

辰羹美丽的脸上忽然绽放出"恶魔"般的微笑:"你可以反抗啊,只要你反抗就行了。"

夏瞳看了看眼前这个从他出生就开始欺压他的可怕女人,念大学时曾是冰球队队长的她,现在每周还要练三次自由搏击,虽然他今年总算蹿个子了,但站在178厘米的辰羹面前还是要比她矮上一点点。

夏瞳思前想后,不得不选择认输,他抱头做痛苦万分状:"可是姐姐,上学期高二那个男生,不就是在你的大力支持下退学的吗?"

"人家是有很严重的抑郁症不得不退学。而且你和他的情况能一样吗?"

"怎么不一样?我俩都是男的啊,都对现状不满啊,都无法适应现实世界啊!"夏瞳梗着脖子强词夺理。

"你是我弟弟,他是吗?我能对你专制,我对他肯定不行啊,对他只能讲道理啊。"

"你……你……"夏瞳气得连捶胸口。

"去!"辰羹拎着弟弟的耳朵,"把你丢出去的鞋都给我捡回来。"

在辰羹虎视眈眈的监视下,夏瞳跪在门廊里把所有鞋子逐一又捡了回来。扔得最远的那只鞋落在草坪上,夏瞳捡鞋时,一只胖滚滚的大橘猫扭着胖屁股踱步过来,不满地冲夏瞳喵呜几声。"刚才砸到你了?"夏瞳揉了揉猫脑袋,一脸

真诚地说了句"活该!"反抗姐姐他不敢,欺负一下姐姐捡回来的猫他还是敢的。

"夏瞳!"

"我刚可能砸到琥珀的头了,我替它揉揉呢。"夏瞳赶紧卖乖,然后拎着捡回来的鞋子,屁颠屁颠地走回玄关,"可是鞋子都脏了,没鞋穿我怎么去学校?"夏瞳仍旧试图找借口逃学。

"倪叔叔,"辰羮走到正在车库前擦车的中年人身旁甜甜一笑,"小瞳说想要你的布鞋。"

中年人一怔。他原本是辰远逸雇用的专职司机,辰氏夫妇这两年都待在国外,但并没有辞退他。倪姓司机因此十分感激,每天都准时到辰家报到,即使辰羮、夏瞳一个月也用不上几次车。辰羮喜欢骑行,而夏瞳则被她发配去搭乘公共交通工具。

"啊,倪叔叔你等等。"辰羮回到玄关,从夏瞳捡回来的那堆鞋子里拣了一双最新的,"他说拿这双和你换。"

他什么时候说过?夏瞳敢怒不敢言。

"来吧,快穿上。你和倪叔叔脚差不多大,而且布鞋养脚。"辰羮亲切地向弟弟说。

夏瞳盯着放在他脚边的半旧的黑色布鞋,谁要穿老头穿过的旧鞋子啊!夏瞳在内心呐喊,可以他对辰羮的了解,他要敢把这话说出口,辰羮能立即撕烂他的嘴。

夏瞳看了看此刻已经换上他的球鞋的倪叔叔正憨厚地冲他微笑,他不得不将脚伸进那双半旧的鞋子里,然后装作很

第二章
叛逆少年的世界

高兴的样子冲倪叔叔竖了竖大拇指。

辰荑从车库里推了脚踏车出来。

"我快来不及了,你载我一下呗?"夏曈说道。

夏曈家在山上,前后都是流青叠翠,风光绝佳,但因为地处僻静,所以交通不便,只有山腰处有个公交站,而且每半个小时才有一趟车,夏曈和姐姐闹了半天,耽误了不少上学时间。

"滚。"辰荑言简意赅。

"倪叔叔……"

那边司机正要答应,辰荑一脚踹得站起来向轿车走去的夏曈膝盖一弯。

"痛!"

"残了吗?"辰荑扣好头盔的扣子。

"没!"

"能走吗?"

"废话。"虽然挨了打,但见到姐姐这么关心自己,夏曈心中也有点儿感动。辰荑人长得极美,只要她肯收起凶神恶煞状,看上去也是十分亲切温柔的。

"能跑吗?"辰荑继续温柔地问。

"能。"

"那你还不快给我跑去车站!"辰荑忽然双手撑住车把,整个身体都直立起来,放声冲夏曈大吼道。

猝不及防的夏曈差点儿给吓哭了。他上辈子一定是十恶不赦,所以这辈子才会摊上这么个可怕的姐姐。夏曈含着泪

撒腿狂奔。跌跌撞撞赶到学校时,发现所有按时到达的同学都聚集在高一(1)班教室的走廊里。

"咋啦?"夏瞳走到灯塔般矗立在人群中的刘震身旁。"怎么感觉几天没见你,你又长高了?这是想成为夸父2.0版吗?"

刘震嘿嘿一笑:"夏老师,拿错钥匙了,教室门打不开,现在不知跑哪儿去找了。"

夏瞳把揣在校服口袋里的领结拿了出来:"每次戴这玩意都感觉像在戴狗项圈。"

"有人想戴还没得戴呢。"不知谁在旁边搭了一句。

夏瞳这才发现人群中那三个与众不同的人。别的同学都穿了校服,他们仨却没有。其中一个,他认识,是陈昭。另外两个,一个是皮肤很白、个子和他差不多高的男生,另一个则是个女孩子,非常瘦小,一个人靠墙缩在角落,头垂得很低,夏瞳留意到她的短发发型十分精致漂亮,像向内收拢起来的黑色蝴蝶的翅膀。

"怎么回事?"夏瞳问。

"啥?"刘震也在津津有味地打量着陌生的新同学们。

"为什么他们没有校服?"

"我哪知道?忘记了吧?"

"没穿校服的都是 cat fish。"之前搭话的同学又说。

"你怎么什么都知道啊?"夏瞳怼道,"百科全书啊?那你说说迈克·李迄今为止一共拍了几部电影?说不出来了?一边去!"

第二章
叛逆少年的世界

那个莫名其妙挨了一顿数落的同学一边乖乖闪开一边小声抱怨:"嚣张什么啊!"

"陈昭!"夏瞳招呼陈昭。

穿着浅蓝色 Polo 衫和薄棉夏裤的陈昭走了过来,小麦色的皮肤看上去很健康,脸上带着开朗的笑容。

夏瞳给陈昭和刘震做了介绍。陈昭微笑着冲目测身高超过 190 厘米的刘震挥了挥手:"耳东陈,天理昭昭的昭。"

刘震也冲陈昭咧嘴一笑:"刘邦的刘,震慑的震。"刘震自我介绍完毕,不解地问夏瞳,"你和陈昭以前就认识?"

夏瞳懒得理他,只管对陈昭说:"刘震什么都好,就是太狂,连他亲妈都看不下去,天天念叨他,枪打出头鸟啊,树林里长得最高那棵树肯定最先被大风刮倒,你看项羽个人能力强刘邦一百倍,可是最后谁乌江自刎了?项羽啊!为啥呢?因为他太傲,所以儿子啊,你别以为你姓刘,项羽的悲剧就不会发生在你身上。"夏瞳惟妙惟肖地模仿着刘震妈妈的语气。

陈昭听得"扑哧"笑出声,刘震则在一旁摩拳擦掌。

"当然,我们刘震本钱是最足的!新生入学排名,他第一哦!"夏瞳大棒加蜜枣玩得很熟。

"已经听我爷爷说了。"陈昭赞许地看看刘震。陈昭也明白爷爷特意向他提到刘震,是希望他将刘震视作竞争对手。

"你爷爷?"刘震挑眉,载厚中学是不鼓励排名制度的,所以学生的各项考核成绩排名,都不会对外公布,属于学生本人不公开的个人信息,只有教职人员有权查看,而且禁止

外泄。夏瞳悄悄向刘震耳语了一句,刘震眉毛挑得更高,"呵,你牛啊!"

陈昭笑出声:"不,只是我爷爷牛而已。牛气不遗传。"

刘震被逗乐。

金宝宝昨晚也是一夜没睡踏实,虽然甜品店聚会她和到场的女生们不欢而散,可是开学这天全班同学才会到齐,也许她就能碰见不讨厌她的同学呢?

她踮脚在挤得满满的走廊里四下张望,没穿校服的那三位同学看上去最为醒目,就像猴群里混进了几只小狗。金宝宝逐一观察他们,认为他们三个看上去都挺好说话的样子。

于是,金宝宝开始行动了,她打开书包,然后从鼓鼓的笔袋里抽出了一张一百元的钞票,走向距离她最近的那个没穿校服的男生。

这个男生皮肤很白很白,因此显得眉毛眼睛嘴唇的颜色都很好看,金宝宝觉得他像一张色彩饱和度非常高的画,拍他:"喂。"

九桑感觉到有人拍了拍自己的手臂,一侧头看见一个眼睛圆溜溜的女生手里拈着一张一百元的钞票,正要递给他。

"给你。你掉的。"

"啊,不是我的。"九桑赶紧说,他从来不带现钞在身边的,都是直接用手机支付。

"可是我是在你脚后跟那儿捡到的。"金宝宝继续睁着眼睛说瞎话。

第二章
叛逆少年的世界

"真的不是我的。你去问问别的同学吧。"

"不是你的，难道是我的吗？"

九桑无言以对。

"给你！"金宝宝声音清脆，口气特别坚决。

九桑想，这女生什么毛病？长得挺好的，不像有智力障碍啊。

"好吧，不要算了！"金宝宝见九桑迟迟不肯接，她把手里的百元钞票扔到地上。

"喂！"

"既然你不要，那就丢掉好了。"金宝宝一脸视金钱如粪土式的傲娇。

眼睁睁看着别人丢掉一百元钱，实在是太挑战九桑的三观，他无奈妥协："那，给我吧。"

金宝宝立即将钱塞给九桑，眉开眼笑："我叫金宝宝，你呢。"

"今九桑。"

"我们一个姓！"金宝宝更开心了。

"我是今天的今。"

金宝宝小脸一垮："我是黄金的金……"

"这个姓很适合你啊。"九桑忍不住嘲讽。

"真的？"金宝宝的眼睛又亮了。

九桑无语，难道这位真的有智力障碍？"我手机好像响了，抱歉。"九桑借机走开，一路躲进了男厕所，这才低头看看手里崭新的一百元钱，无奈地摇摇头。

金宝宝等了一会儿没见九桑回来,毫不气馁地向距离她第二近的目标走去。

"这是你掉的吧?"金宝宝故技重施,拍拍陈昭的手臂,将手里捏的百元钞票递向他。

刘震、夏瞳一起看向金宝宝,虽然同样是初中部直升上来的,但因为之前不同班,他们和金宝宝并不熟,不过那段令金宝宝"走红"的喂饭视频,他们也都看过,而且笑得乐不可支。

"你不是……"刘震把涌到嗓子眼的话又咽了回去,夏瞳也绅士地微笑着冲金宝宝点点头。

金宝宝和他俩打过招呼,又继续对陈昭发动金钱攻势:"我在你脚后跟那儿捡到的。"

"真的?那肯定就是我的了。"陈昭非常高兴地接过一百元钱。

金宝宝没想到这次出击这么快成功:"我叫金宝宝。"

"金子的金?元宝的宝?完全就是财神的名字啊。"陈昭打趣地笑道,"我叫陈昭。耳东陈,照耀的照去掉四点底那个昭。对了,你书包里那个笔袋装的全部都是钱吧?你可真富有啊!"

原本还在想"这个同学好亲切"的金宝宝不由得一愣。她并不知道她之前努力想借用百元钞票和九桑拉近关系的闹剧,完全被陈昭看在眼里了,陈昭甚至瞥见了她偷偷摸摸从笔袋里抽出了一张一百元钞票。那个笔袋的厚度简直可以媲美板砖。

第二章
叛逆少年的世界

"我还有另外一个装文具的笔袋。"金宝宝倒是很坦诚，没有否认。

"一笔袋钱？"在一旁看热闹的刘震咋舌。

"都给我吧。"陈昭竟然冲金宝宝摊开手。

"凭什么？"金宝宝怒道，这怎么和她预想的剧情发展完全不一样啊！

"因为我喜欢钱啊。"陈昭戏精附体，装出贪婪的表情，"都给我吧。"

"……才不要！"金宝宝终于明白自己是被耍了，愤然转身走了几步，再转回来，一把将那张一百元钞票从陈昭手里夺回来，用力哼了一声，迈着重重的步子走开了。

陈昭笑得眉眼弯弯。

"喂，这人好腹黑啊。"刘震捅了一下夏瞳。

"可不，笑起来简直像只狐狸。"

"喂，当着我的面这么说不好吧？"陈昭抗议。

"谁有时间背后说你啊。"夏瞳不以为然。

"我说你没事戏弄人家女生干什么？看她长得瘦小好欺负吗？"刘震道。

"你不要这样推己及人。"陈昭仍是笑眯眯的。

"其实金宝宝的长相并不是可爱系的。"夏瞳忽然说。

正准备反驳陈昭的刘震看看夏瞳，等着听他发表高见。

"金宝宝因为身材小小的，皮肤又白皙，乍看之下会给人软萌的错觉，但实际上她的五官相当英气，剑眉星目，鼻若悬胆。这妹子是名副其实的反差萌，"夏瞳表情很认真地

评价道,"远看像毛绒玩具似的可爱,凑近了才发现完全是一张行侠仗义的女侠脸。"

陈昭听得不由得点头,对夏瞳的观察力表示折服。

夏瞳又接着说道:"而且她个子虽然小小的,但四肢显得很有力,皮肤很白,却不薄透,而是呈现一种玉质的紧绷感。"

陈昭听得目瞪口呆,忍不住语重心长地规劝夏瞳:"你看见每个女生都对她们评头论足,小心哦,很容易被当作女生公敌的吧。"

夏瞳看看陈昭,原话奉还:"请你不要推己及人。懂得欣赏人类之美,是每一个导演的基本素养。"

见陈昭被噎得无言以对,刘震在一旁笑得打跌。

"你们发现没,金宝宝只找没穿校服的送钱。"夏瞳再次展示出他细微的观察力。

虽然走廊里挤得像沙丁鱼罐头似的,但仗着身高优势,刘震和陈昭都看到金宝宝果然又向那个唯一没穿校服的纤瘦女生走去。

金宝宝用力握握拳,感受着手里那张百元大钞摩擦着掌心皮肤的感觉,她重振旗鼓,开始向着她今天选定的第三个目标进发。

"这钱是你掉的吗?"金宝宝一个剧本演三遍,丝毫不觉得无聊。

何菇摇头。

"肯定是你掉的,我在你脚后跟那儿捡到的。"

第二章
叛逆少年的世界

"真的不是。"何菇窘迫地连连摆手,她根本不会带一百元现钞在身上的,"要不,你去问问别的同学。"何菇说着向后退了退,她其实只是下意识的。

金宝宝却将何菇的举动理解为避之唯恐不及。

"都问过了!"金宝宝忽然气馁,"谁都不愿搭理我,都当我是二百五!"金宝宝将手中的钱扔在地上。

"哎呀。"何菇立即弯腰将钱捡了起来,准备还给金宝宝,一抬头却发现她眼眶竟然泛红了。

"又不是你的钱,你干吗要捡?"

"我……"何菇虽然无法理解金宝宝古怪的举动,但她意识到她若再不承认这钱是她掉的,金宝宝可能会立即哭出来,"可能真是我掉的吧。"

金宝宝没想到何菇会配合,呆了呆赶紧说:"我就说是你掉的嘛,你怎么可以不相信一个把钱递给你的人呢?"

"……"何菇无言以对。

"我叫金宝宝。"

"我叫何菇。"

"你就是何菇?我还在班级群里夸过你名字可爱呢。"

啊,原来那天那个主动和她说话的人就是金宝宝。何菇不由得会心一笑:"你的名字也很可爱啊。"

拿错钥匙的夏老师依旧没有出现,有的同学开始揣测他是不是把教室钥匙弄丢了,找不到了。

夏瞳、刘震、陈昭三个人聚在一起分享暑期的各种趣事,三个男生个头都高,尤其是刘震,那体形妥妥地一个抵俩。

三巨头浑然未觉他们已经如同截断河流的巨石，将聚在走廊里的高一（1）班学生分隔成了两段。

"请让一让。"

刘震听见身后传来一道细微得几乎可以忽略不计的声音，回头看看啥都没有，以为自己听错了，又继续方才的话题："我上次跑酷才叫摔惨了……"

"麻烦让一让。"

刘震再次回头，这次他辨认出声音是从下方传来的，于是降了降视线，又降了降视线，这才对上苏雪的脸。小巧精致如玩偶一样的女孩的脸。刘震下意识地想伸手戳一戳，以确认这么可爱的小女孩真的是个活人。

"我要过去，请让一下。"苏雪面带几分胆怯。

夏瞳和陈昭听见了都向侧边让出地方来，刘震却一伸手，像捉住什么小动物似的一把提起苏雪。

"这是哪个老师家的孩子？小家伙，别在这里添乱。"

苏雪双脚离地悬空着被人抓着后衣领，瞬间吓得面无人色，不知如何是好。

夏瞳和陈昭赶紧上前制止："刘震！"

吓得都快哭出来的苏雪终于被放下来，刘震弯下腰问："喂，你到底几岁啊？"

又惊又怕的苏雪终于再也忍不住，眼泪吧嗒吧嗒挂满脸颊。恰在这时，夏老师总算找到了教室大门的钥匙，匆匆赶来打开了门，密密麻麻地聚集在走廊上的学生才得以拥进教室。苏雪身不由己，被汹涌的人流推动着向前移动，刘震又想伸手去揪她,被夏瞳猛地拍了一巴掌。

"那是苏雪,初中时她在(6)班。"

"真的?"刘震困惑地看看夏瞳,"我怎么一点儿印象都没有?"

"因为她那时比现在还要矮,所以直接被你的视线过滤了吧?"夏瞳毫不客气地道。

"那这个女孩子不会和我们同级吧?"陈昭也觉得不可思议。

"就是啊,刚到我腰这么高。"刘震伸手比画了一下。

"你以为你是姚明啊?明明到胸肋了。"夏瞳受不了地摇摇头,又转向陈昭,"是同级的,苏雪初中也在这里念的。"

"看上去完全就是小学生啊。"还是低年级的。

"不是所有小学生都能长得这么可爱。苏雪绝对是我们学校最软萌的女生,完全就是白雪般的细砂糖捏出来的感觉。"夏瞳又开始一本正经地点评。

"你形容得还真是……"陈昭也不得不承认,"贴切啊。我一直以为你说要当导演什么的只是'中二病'发作。"

夏瞳答:"谢谢夸奖。"

陈昭无语。

刘震在一旁不出声,露出若有所思的表情。

金宝宝和何菇站在人群的末端,慢慢尾随着大部分同学走到教室门口,而此刻夏瞳三人还门神一样伫立在门边,何菇不经意地一抬头,恰好对上夏瞳的视线。夏瞳探究的视线让何菇觉得很窘迫。

今天从家里出发来学校时,何菇因为之前几天的心理建设而精神抖擞,虽然和别的同学之间家境对比悬殊,但她来这里是学习的,根本不需要去攀比,但等她到了学校,意外地发现她是全班唯一一个没穿校服的女生,好容易攒出来的自信心立即碎了一地。

身上那件妈妈特意为她挑选的白底灰细纹的连衣裙忽然变得像一个醒目的标记,标注出她是个异类,一个被排斥在外的异类。

所以何菇一直站在角落,连头都不敢抬。要不是金宝宝忽然跑过来拿着一百块钱当借口和她搭讪,她绝对没勇气和任何同学说话。

"你好,我叫夏瞳。"夏瞳一边自我介绍一边向何菇伸出手。

何菇愣住。

金宝宝见何菇手足无措的样子,将自己的手往夏瞳手里一送,随便握了握:"她叫何菇。好了,何菇,我们进去吧。"

"等等!"

一旁的刘震和陈昭面面相觑,他们都不明白夏瞳为什么突然冲上去拦住何菇。

"何菇,我觉得你非常好看。"

刘震、陈昭包括金宝宝整齐划一地露出瞠目结舌的表情,而他们三个人的惊讶加一起也没何菇的多。

她一定是听错了!何菇想。

"你听过马夸特面具吗?我觉得你的脸几乎完全符合这

第二章
叛逆少年的世界

个面具。"夏瞳旁若无人地继续说道,"我最近计划拍摄一个电影短片,你能来当我的女主角吗?"

瞠目结舌的表情持续在刘震、陈昭、金宝宝脸上保持着,何菇的脸则慢慢变红,夏瞳则一脸殷切,一副"我等你回答哦,你不回答我就一直等下去"的表情。

"我……我……我不知道你在说什么。"何菇终于结结巴巴道。

"唉,你们几个怎么回事?怎么还不进来?"夏老师从教室里探出头,"怎么一个个站得跟雕塑似的?我没让你们罚站吧?"

"我们走,何菇。"金宝宝一把挽住何菇,何菇跟着她逃命似的躲进教室。她方才还觉得金宝宝是怪胎,她错了,夏瞳这种,才堪称真正的怪胎。

金宝宝和何菇进了教室之后,站在夏瞳身旁的陈昭和刘震一起狐疑地上下打量他,他艺术家级别的审美雷达是突然出了故障吗?他怎么会特意跑到何菇这样的女生面前说出"我觉得你非常好看"这种话?何菇的长相,勉强也就是清秀,而且她有些畏缩的神态和微驼的背都是大大的减分项,完全和漂亮不沾边啊,任何正常的男生都不会觉得何菇"非常好看"吧?夏瞳果然不正常!

陈昭和刘震对视一眼,准备进教室的时候,忽然听到身后传来一阵急促的足音。

"夏老师。"一个身材高挑的女生一路小跑着穿过走廊,"对不起,我迟到了。"

倪亦柔头发有些凌乱,脸颊因为疾奔而红通通的。刚刚解除了瞠目结舌状态的陈昭瞬间又陷入了石化的状态。在陈昭的认知中,这才是真正意义上的美少女啊,不会太软萌,不会太有个性,不会过于特别,美得一丝不苟又青春洋溢。

"没事没事,老师今天害大家都迟到了。哈哈哈。"夏老师爽朗地大笑着。

亦柔急匆匆跟着老师一起走进教室。

"啊,这个女生是初中部直升的吗?"陈昭问夏瞳。

"不是。"夏瞳答。

"她是谁啊?"陈昭继续问,问完意识到自己有点儿傻,夏瞳已经说了她不是初中部直升的,他怎么可能认识她?

"不清楚。"但凡是长得好看的女生,夏瞳都会站在专业审美的角度点评一番,但此刻他心不在焉,一句话都不想多说。

"好啦好啦,你们三个也赶紧给我进来!"夏老师催促,"当自己是红毯女星啊,比赛谁压轴?"

何菇走进教室才发现每张课桌上都贴了姓名条,显然老师事先做好了准备工作,她被安排在第一排,金宝宝和苏雪是她的左右邻座。其实何菇身高超过160厘米了,但显然新班级所有女生身高都偏高,她就被划归为小个子一列了。

夏闪耀老师虽然一大早就闹出拿错大门钥匙的乌龙,但他不出错的时候办事效率显然极高,和同学们做完自我介绍后,在五分钟内已经把今天开学的各项事宜阐述明白,特别强调了去图书馆领书的流程。因为载厚中学希望培养学生的

第二章 叛逆少年的世界

环保意识，所有教科书都是循环使用，新生可以在图书馆免费领取，但学期末必须归还，且不许有破损和污迹，不然罚十倍的罚金。

"开学典礼下午 2:00 开始，地点是大礼堂。一周后你们的迎新舞会也在大礼堂举行，这次舞会由高二高三师兄师姐全权筹办，作为赠送给你们的'欢迎入学'的礼物。"

教室内响起一片欢呼声。

"至于学校里一些细节情况，请各位初中部直升上来的老同学向新同学们详尽介绍一下，呜呜呜——"夏老师惟妙惟肖模仿了一阵火车引擎发动的声音，"开车了，大家自由讨论。临时班委上来，有几件事需要讨论一下。"

何菇向左右看了看，苏雪接触到她的目光立即甜甜一笑，金宝宝则认为她和何菇之间已经有"一百块"这么深厚的情谊了，她将椅子挪向何菇，大大咧咧向何菇说："你有啥不明白的，尽管问我！"

"去领教科书，是带着学生证就可以吗？"何菇担心她没穿校服，到时候会遇到麻烦。

"是啊，只需要学生证。"

何菇松了口气。

"你还想知道什么？"

何菇一时想不到，就说："你觉得载厚中学最特别的地方在哪儿？"

"嗯，"金宝宝想了想，"我们学校很看中自我管理，只要成绩能拿第一，偶尔迟到缺课，也不会被追究。"金宝

宝对这一点深有领会,因为实践出真知。"我初中三年,就因为个别科目成绩突出而被免于责罚。"

金宝宝现身说法,听得何菇无言以对。

"可是迟到缺勤,态度就很不对,怎么还可能考第一呢?"苏雪小声反驳。

"当然可能啊。刘震就能。"金宝宝很肯定地说。刘震的成绩之好,就连金宝宝这种垫底差生也是如雷贯耳。

苏雪想到之前刘震像抓起一只篮球似的拎得她离地半米高,立即露出害怕的表情。

"对了,苏雪,你的发夹是不是少了一个?"何菇问。

因为苏雪扎了双马尾,刘海也分在两边,但只有一边夹了一只蝴蝶结形状的小发夹,看上去有些不对称。

苏雪伸手摸了摸:"哎呀。果然丢了一只。"

"要我帮你去找找吗?"金宝宝热心地提议。

"没事啦。"苏雪连连摆手,"这样的发夹我有好多好多呢,不用麻烦啦。"

"苏雪,你也给何菇介绍一下我们学校呗。"金宝宝说。

"嗯。"苏雪点头,"我觉得我们学校啊,特别好玩。"

因为苏雪声音很小,何菇不得不向她凑近一些,她发现苏雪整个人就像一枚糖果一样散发着很淡却又很甜的香味,再加上她可爱的长相,像个很小的娃娃似的,让人忍不住想伸手捏捏她才好。

"迎新舞会很好玩,运动会很好玩,艺术展很好玩,万

第二章
叛逆少年的世界

圣节游行很好玩，建校纪念日很好玩，春秋两季的短途旅行很好玩，圣诞晚会很好玩，新年倒数也很好玩。"苏雪一边扳动她玩偶一样小小的手指一边说。

"是的，是的，都很好玩。我们还有好多好多社团活动。"金宝宝在一旁附和。

何菇再一次无言以对，这两个女孩真是一个赛一个不靠谱，一个强调学校"很好混"，一个强调"很好玩"，完全是两个蜜罐泡大的、从来没真的践行过"好好学习，天天向上"这句口号的千金大小姐啊。

和临时班委们讨论完之后，夏老师走下讲台，直接走到何菇课桌旁，微微一笑，忽然间整个人矮下去一截，何菇吓得心脏差点儿漏跳一拍，班主任好端端为什么要给她跪下啊？她有点儿不明白。

定睛一看，原来是蹲下了。

"何菇，你的校服不知道为什么没能及时在开学前送到你手上，我等下去联系后勤的老师核实一下情况，看能不能尽快解决。"夏老师压低嗓音，用只有何菇能听见的音量说，"至于这两天，需要我去拜托哪位女同学先借你一套校服对付过去吗？"

何菇连忙摇头，表示自己这样很好。

夏老师这才站起身，何菇目送他离开，发现他走到了今九桑面前，也是毫无征兆地矮下去半截，然后低声说了些什么，九桑也摇摇头，大概也拒绝了老师要帮他借校服的提议。

一个二话不说就能在学生面前蹲下来仰着脸和学生说话

的老师，一定是位好老师吧？何菇收回视线，心里莫名有点儿感动。

很快到了午饭时间，金宝宝和苏雪作为初中部直升上来的老同学，带着何菇去了食堂，金宝宝一路喋喋不休，苏雪偶尔补充两句，何菇心不在焉地听着，她已经被食堂里供应的饭菜的价格吓坏了，虽说是中西合璧琳琅满目看上去特别丰盛，但最便宜的盒饭和三明治套餐都要二十元。幸好，像她这样拿奖学金的学生可以领到一张免费的饭卡。

虽然饭卡并无限额，但何菇还是暗暗下定决心，以后她都只买最便宜的东西吃。

吃过午饭，准备离开食堂的时候，何菇路过一张长餐桌，发现桌子两侧坐的都是和她同班的女生。

"亦柔你今天怎么迟到了？"

"还不是因为没及时收到校服。"

何菇下意识地向说话的女生看去。

那个女孩头发全部向后梳成一个马尾，露出匀整的美人尖和端庄的鹅蛋脸。嘴角梨涡隐现，说话时随着流转的眼波快速翕动的海鸥唇看上去异常生动。她坐在长条形餐桌的中央，坐在她身旁的女孩都以她为视线的焦点。

何菇发现这个漂亮大方的女孩虽然是自己的同龄人，但她身上已经隐隐具备一种一呼百应的气度，不觉有点儿羡慕，又向她多看了几眼。

"难道短短几天时间你又长胖了？"其他女生起哄地大笑起来。

第二章
叛逆少年的世界

"没有啦，哪有那么夸张！我是在网上找的一个专门做旗袍的裁缝帮我改校服，但不小心填错了收货时间，所以差点儿没赶上。"

"幸好赶上了，不然要被误会是没校服穿的鲶鱼了。"有个女生调侃道。

其余的女生又哄笑起来，站在一旁没穿校服的何菇觉得十分尴尬，恰在此时，亦柔感觉到何菇的注视，扭头望过来。

两个女孩的视线有片刻的交会。何菇自惭形秽地垂下头，倪亦柔则落落大方地报以微笑。

"亦柔！"本来一直和苏雪说话的金宝宝也看到了亦柔，用力对她挥挥手。亦柔笑了笑，转开了视线。金宝宝脸上的表情变得有点儿尴尬。

"她怎么不理人？"苏雪好奇地问。

"可能是觉得理我这种人很丢脸吧？"

"怎么会丢脸？"苏雪觉得不可思议，主动挽住金宝宝的手臂，"我们带何菇去参观图书馆吧！"

在苏雪的影响下，金宝宝的心情又开朗起来，三个女孩有说有笑地去了图书馆。

下午的开学典礼，在学校大礼堂内举行，除了高中部所有新生，出席的还有学校领导和各科任教老师。老师们进场落座那一刻，礼堂里所有学生的目光都被一个留着齐肩发的年轻女老师吸引了。虽然她也是和别的老师一样穿了简单的职业装，但整个人却像明星一样熠熠生辉。

"天哪，这是老师？"

"谁来掐我一下,我怎么觉得我在做梦啊?"

"我觉得整个年级的漂亮女生加在一起都没这个老师好看呢!"

漂亮老师像是习惯了这种万众瞩目的待遇,落座前满面笑容地冲台下挥了挥手。

夏瞳"喊"了一声。

刘震在旁边用手肘撞撞他:"你姐姐真是越来越风情万种了呢,哈哈哈哈哈!"

夏瞳立即眉毛倒竖:"不会用成语就别用!你才风情万种呢!你全家都风情万种!"

坐在一旁的陈昭不明白夏瞳忽然生气是为什么,刘震贴在他耳边低声道:"那是他姐姐。想象不出来吧?那么漂亮的姐姐,这么矮矬的弟弟。"以刘震的身高他确实有资格把全校男生都视为"矮矬"。

"啊,原来这位就是辰羹姐姐。"陈昭听爷爷提过,但一直没机会见到本人。

校长简短的发言后,就由各科老师做自我介绍,轮到辰羹时,台下的掌声雷动。

"大家好,我叫辰羹。"随着辰羹的话音,礼堂的投影幕布上显示出辰羹的个人简历。"我是你们的心理辅导老师。我的办公室在教学楼的顶楼天台上,有猫,欢迎大家上门来找它玩。"

台下笑成一片。

"因为心理变化是不可控的,如果可控的话,学校也不需要聘用我了，对吧？所以作为你们的心理辅导老师，我是二十四小时待命的，如果在非工作时间你们无法及时找到我，可以直接给我打电话。我的手机号已经显示在个人资料里了，请大家存留一份。"

听到这里，何菇觉得不敢相信，她看了看周围的同学，他们都露出了将信将疑的表情，二十四小时待命啊！

"但是，"辰薁卖关子似的停了停，"如果你们打骚扰电话的话，老师可是一定会把你们揪出来，然后打你们哦。"

台下的学生又笑得东倒西歪。

夏曈皱眉看着坐在他旁边的男生，总觉得他们笑得都特别夸张。"她真的会打人哦！"夏曈很肯定地说。

几个男生愣住，最初还以为夏曈是在开玩笑，但刘震附和地点头："我就被她踢过，直接横飞了出去，要不是我身手敏捷，门牙估计都摔断了。"

那几个男生露出难以置信的表情，陈昭则附耳对夏曈说："刘震都被打得这么惨，你岂不是天天被吊打？"

直击要害啊，有没有！夏曈的脸色变得要多难看有多难看。过了片刻，他挤出一个真诚的笑容："以后你也常来我们家做客吧，我姐姐很喜欢招待我的朋友的。"

开学典礼结束后，夏老师过来向（1）班同学宣布接下来的时间自由活动，想回家的同学可以离校了。

辰薁刚走下主席台就被一群学生围住，夏曈看着她像被粉丝簇拥着的偶像明星似的一边谈笑风生一边向外走去，愤愤嘀咕了一句："怎么现在招生都不检查视力的吗？"

夏瞳小时候想不明白为什么他和姐姐不是一个姓,就去问她,结果辰羡说:"因为妈妈追求平权,什么都要和丈夫一人一半,以后假如要离婚也能分割得清清楚楚,跟谁姓的就谁领走。"

知道"真相"后,夏瞳哭得稀里哗啦,以为和姐姐姓氏不同,就代表他们以后一定会分开。

和一个只有七岁的孩子这么说话真的合适吗?当时她可是在攻读儿童心理学硕士啊!

夏瞳简直不敢相信这样一个"败絮其中"的"恶魔大姐"竟然会成为学校里最受欢迎的心理辅导老师!

"愚蠢的人类,只看到我姐的偶像光环,实际上她有多丧心病狂,穷尽你们的想象力也想不出来的好吗?"

被夏瞳毫不客气地诋毁为丧心病狂的辰羡,开学第一天事务繁乱,学生们放学后,老师们仍有例会要开,差不多到晚饭时间才回到家中。

父母出国长居后,身为监护人的辰羡从不娇惯夏瞳,家中除了聘用司机这点,基本属于自力更生,没有住家保姆,家政人员一周只上门一次,其余时间都由姐弟俩共同分担家务,日用品和食物由辰羡负责采购,但严格履行"轮流做饭"的家规,但如果碰上辰羡加班,不管当天有没有轮到夏瞳做饭,他都必须自己准备晚餐。夏瞳抗议,辰羡冷笑问他:

"你挣工资吗?"

"我看上去像童工啊?我当然不挣!"

"那你有什么资格和我谈判?"

第二章
叛逆少年的世界

夏瞳无语,此乃丧心病狂其一!

这家伙热爱本职工作到就快以校为家,几乎天天都自愿加班,这也就意味着看似公平的"轮流做饭"根本就是约等于"夏瞳做饭"!此乃丧心病狂其二!

"啊,咖喱!"辰荑洗了手,一屁股坐在餐桌前,非常满足地看着面前热气腾腾的餐盘。

夏瞳将装着凉拌西蓝花的沙拉盆推向辰荑,又递给她一杯柠檬蜂蜜水。

辰荑端起来大大地喝了一口:"怎么这么甜!你放了多少蜂蜜啊?"

"你今天自吹自擂了一天,嗓子难道不干吗?"

"臭小子,这么大了还不会说人话。"

虽然嘴上嫌弃,但辰荑端起杯子一口气喝光了满杯的蜂蜜水,然后埋头开始扫荡咖喱饭。辰荑虽是名副其实的仙女级别大美人,吃相却是匪徒式的,等她风卷残云般吃完了饭,习惯性伸手去拿杯子时,发现刚刚喝空的杯子不知何时又被加满了。

"姐,你到现在,嫁不出去,是因为你的历任男朋友都被你的吃相吓跑了吧?"

"你……"辰荑反驳的话被一阵长长的饱嗝打断了。

一直绷着脸的夏瞳被逗乐了:"真该拍下来啊,学校里那些被你迷惑的男生看了说不定会被吓哭吧。"

辰荑非常自信地甩甩头发:"你拍啊,搞不好反而替我圈来更多粉丝。"

夏瞳无语。

丧心病狂加厚颜无耻等于什么?等于无敌啊!

吃过晚饭,辰羹去洗碗。

"姐。"

"说!"

"我想借一套校服给班上的同学。"

辰羹对待夏瞳看似粗暴简单,其实心细如发,夏瞳弄丢一只袜子都瞒不过她,所以夏瞳必须向她报备一下。

"一套够吗?你确定?我怎么记得你们班有两个没穿校服的男生?"

"另外那个是陈昭,这位大少爷大概是忘记穿校服了。他总是丢三落四的。"

"那不对啊,你们班明明有三个拿奖学金的。"辰羹不知不觉说漏嘴,露出尴尬的表情。但夏瞳没兴趣深究。辰羹又松了口气,赶紧转移话题:"对了,开学第一天有什么特别有趣的事儿?"

"有。我见到一个完美的女生,我决定请她当我第一部电影短片的女主角。"

"是谁?"辰羹擦干手从厨房冲出来,一脸八卦。

身为一个立志成为世界一流大导演的有为青年,夏瞳觉得心灵的坦荡和真诚是必不可少的特质,事无不可对人言是要坚持终身的训练——才怪!他只是迫不及待地要向姐姐炫耀:"一个叫何菇的女生。"

"何菇?蘑菇的菇?"

第二章 叛逆少年的世界

"嗯。"

"哇,给她取名字的可真是个妙人啊。"

"她长得更妙。脸小小的,"夏瞳伸出手掌在掌心画了个圈,"五官精致又立体,而且骨骼比例堪称完美。"夏瞳回忆着今天在教室门口何菇逆着光向他走近的模样,几近透明的皮肤,像是随时会融化在光线中一般。如果说金宝宝的皮肤像美玉一样光洁紧致,苏雪的像细雪般柔润,那么何菇的就是纯粹的剔透,在不同的光线下会有各种不同的变化,"我从来没见过有谁那么适合用镜头用光影去展现她的美。简直太完美了!"

"打住!"见弟弟又陷入狂热状态,辰羮赶紧制止,"现在这个时间爸妈都起床了,你和他们视频一下说说开学的事儿吧,让他们安心。"

"没空。"

"哎呀,你这个不孝子,讲起刚认识的女孩头头是道,和父母说两句都没空。"

"是啊。孝顺的那个已经被天父召唤走了。他们最好接受这个事实。"夏瞳冷冷道。

"夏瞳!"辰羮断喝,声色俱厉。

夏瞳大概也意识到自己过分了,沉默下来,过了一会儿站起身说:"我去工作室了。"

辰羮目送弟弟离开,她成天煞有介事地在外边帮助和弟弟同龄的孩子解决各种心理问题,却至今无法解开弟弟的心结,辰羮越想越觉得挫败,越想越不甘心,回房换了健身服,

开始丧心病狂地蹂躏起家里的跑步机。

开学第一天比金宝宝预想的有趣多了,何菇和九桑都没拒绝她的一百元钱,那就意味着她多出了两个朋友,苏雪性格甜美柔和,显然也不排斥和她做朋友,这就代表她一下子多出了三个 friends(朋友)啊!

因为第一天没有排课,所以没有任何作业,但金宝宝却难得地在晚饭后坐在了书桌旁,打开崭新的笔记本,一笔一画写下苏雪的名字、何菇的名字,又写下今九桑的名字。

"今和金的发音完全一样呢!所以我们基本上是一个姓,也算本家哦。"金宝宝雀跃地自言自语。虽然今天九桑收下她的一百元后就再也没搭理过她,但金宝宝对九桑的印象还是特别好。安静矜持的神态、干净的皮肤、清澈的眼神和令人赏心悦目的气质,坐在灯下回想的时候,金宝宝发现自己的心跳竟开始小小加速。

九桑?为什么叫九桑呢?金宝宝对这个名字感到好奇,难道他妈妈快生他的时候梦见了九片桑叶吗?反正她妈妈快生她时梦见的是金元宝,好大好大一个,所以她的名字就叫金宝宝。

金宝宝认为自己的名字很恶俗,充分彰显了他们全家上下没文化。今九桑的名字多好听,写出来也好看,真是有格调。

身为暴发户的女儿,金宝宝的价值观非常粗暴简单,能定价的物品都廉价,无法定价的才是真正的无价,比如格调、内涵、品位之类神乎其神的东西。

就在金宝宝一笔一画写下九桑的名字并对他产生强烈的

第二章
叛逆少年的世界

好奇心的时候,何菇也在日记本上逐一记录了今天结识的同学的名字。

首先,非要把一百元钱塞给她的金宝宝。何菇在名字后面的括号里标注道:(虽然略古怪,但性格直率坦诚,是个好女孩呢。)

人偶娃娃一样精致小巧的苏雪。(太可爱了!)

和她一样没穿校服的今九桑。(标准版优等生。)

同样没穿校服的陈昭。何菇对他从容不迫的态度印象颇为深刻,想了想在括号里写下(不卑不亢)。虽然九桑也显得十分自信,但他逆天的入学成绩足以令他傲视整个年级,何菇刚听说九桑的总分时也吓了一跳,高了她几十分这是多惊人的差距,更何况她本身已经是好学生了。可是同样身为 cat fish 的陈昭,他自己说他的成绩远远不及九桑,那么他自信淡定又是因为什么呢?好像只能归结为天生豁达的性格,何菇想了想,在括号里又填上"成大事者不拘小节。赞。"

刘震,虽然刘震是比九桑更胜一筹的超优生,但何菇对他印象并不怎么好,单手提起苏雪这种事,就算他不是有心的,看上去也像在欺负小女生。(身高体重和智商同等惊人,有点儿可怕。)

夏瞳。写下这个名字时,何菇手里的笔有些不流畅,笔尖像是卡在了纸张的纹路里。

"我觉得你非常好看。"

从来没人当面对何菇说过这句话。何菇做梦也没想过有人会当面这么说她。他是有多近视?

何菇想起夏瞳的眼睛,黑漆漆如黎明前的夜空,隐约的光亮如云层后潜伏的星子。随着他凝视她的时间增长,他的眼底也逐渐亮了起来。

何菇没办法把夏瞳的话当作玩笑,就是因为他眼睛里的热切,真实得让她没办法去怀疑。

可是,他怎么会觉得她特别漂亮呢?还说要请她当他电影短片的女主角?

何菇合上日记本,用力摇摇头,这种匪夷所思的事情她实在不知道怎么去面对啊。

第三章
麦田里的守望者

并不是有勇气和这个世界对抗的叛逆的孩子才算有自我,天生温和的孩子一样有自我。

闹铃的声音此起彼伏地响起,陈昭终于从床上爬起来,跌跌撞撞摸到床头柜旁,把几个闹钟都调到静音,然后歪歪扭扭地站起来走向洗漱间,笨拙又失衡的动作恍若一具僵尸。

洗完脸,陈昭总算彻底解除僵尸状态,转身走向衣帽间,衣帽间的门把手上挂着熨烫得平整的校服套装。陈昭不由得笑笑,这是怕他又忘了,所以挂在这么显眼的地方。

开学第一天忘记穿校服就是因为他起床的时候迷迷糊糊,根本没看到挂在衣帽间里的校服,随便抓了两件他平日穿惯的衣裤。

爸爸出差在外,爷爷的作息时间早于全家所有人,从凌晨四点开始,所以这个时间在餐桌旁共进早餐的只有陈昭和妈妈。妈妈虽然随意地披着家居长袍,但脸上已然化好了妆,看上去毫无瑕疵,在熹微晨光中如一幅画一样美。

"妈妈,早。"

"早。"

等陈昭落座后,妈妈才开始进餐。除了刀叉偶尔划过餐盘的轻响,餐厅里几乎听不到别的声音。

"昭昭。"妈妈责备地看了陈昭一眼。

陈昭吐吐舌头,干脆把偷偷摊在膝盖上的书堂而皇之地

第三章
麦田里的守望者

摆在了桌面上。"爷爷说不见外客的时候,我可以在吃饭的时候看书。"

"永远拿你爷爷的话当免死金牌。"妈妈柔声斥责。

"谁让他是太上皇呢?"陈昭一边将煎蛋叉进嘴里一边翻书,动作相当流畅。

"好像就缺吃饭这点儿时间似的。"

"这点儿时间够我看上好几页了。"

"什么书这么好看?"

"《现代性与大屠杀》。"

妈妈扶额。

"并不是什么可怕的书哦,只是一本社会学的专著。"说话间,陈昭又翻了一页。对这个打小就是书痴的儿子,陈昭妈妈实在不知道如何是好。

陈昭之所以罹患"起床困难综合征",就是因为每天临睡前他都要争分夺秒地多看几页书,导致睡眠时间常年不够。只要任何能坐下来的时间,他都会抓本书在手边,逮到机会就瞅几眼。就连去游泳,也要用防水书套把书套上,游一圈要看两页。要不是因为连最宠爱陈昭的爷爷都严令禁止他在走路时看书,陈昭绝对早就是个无可救药的低头族,不过别人低头是看手机,他低头是看书。陈昭年纪不大,但已经积攒了整整一墙书,五花八门,包罗万象。

不过陈昭并没有因为喜欢阅读所以成绩特别优秀,他在学校的成绩始终是中上,幸运的是他家里对他在这方面也没多少要求。因为在"太上皇"看来,这个嫡长孙哪怕所有功

课都考不及格,也是世界上最优秀的。

陈老爷子对自己几个儿子不苟言笑、要求严苛,对陈昭却温柔得如同宫崎骏动画里的大龙猫。

"爷爷现在在书房吗?"

妈妈点头道:"昭昭你怎么还没换上校服?是不是哪里不合适?"

陈昭摇头,轻轻推开椅子,从餐桌旁站起来,一边抓起他的书一边说:"我今天不想穿。妈妈您慢用。"说完起身上顶楼的书房找爷爷去了。

顶层的房间全部打通了,郁郁葱葱的大型景观植物和直达天花板的摆得满满当当的书架相得益彰。夏瞳第一次去陈昭的房间时就被震惊得说不出话,陈昭认为,如果夏瞳看到陈爷爷那只能用"宏伟壮观"来形容的小型图书馆般的书室的话,他得直接晕过去。

虽然已经被两所大学授予荣誉博士学位,但陈昭爷爷年轻时因为条件所限并没能念上多少书,但他一生好学不倦,这也是他如此支持陈昭一步步往"书虫"方向进化的原因,爷爷认为陈昭对书籍的热爱完全源自他的传承。

陈昭也认为年幼时的潜移默化不可小觑,他从会爬开始,最喜欢的地方就是爷爷的书房。有一次全家人出动找他都找不到,陈昭妈妈急得都快疯了,最后在书柜的一个书格子里找到蜷缩得像只小奶狗一样的陈昭,毛茸茸的脑袋下枕着一本《辞海》,正呼呼大睡。

"爷爷,是我。"陈昭按响了书房的门铃,对着对讲机表明了身份，立即听见门锁"咔"地一响。

陈昭走进去，见到满头华发的爷爷坐在书桌后笑眯眯地望着他。

"今天这么乖，来给爷爷晨昏定省？"

陈昭做了个鬼脸："只是偶尔乖一下，您千万别调高期望值。"

陈爷爷哈哈大笑起来，接着问了陈昭几句开学的事，对学校和教职员工的大略看法。

"夏瞳和你一个班对吧？"

"是。"

"也见到刘震了吧？"

"爷爷您对那家伙也太上心了。"

"学龄前就测出145的智商，爷爷也从未见过啊。"陈爷爷呵呵一笑，"比夏家过去那个孩子还强呢。"

讲真的，陈昭对刘震过人的智商并不怎么感兴趣，他对刘震太阳神般的体格却十分好奇。虽然刘震看上去是个纯正的华夏子孙，但实际上他是个混血儿。"他爸不会是NBA（美国职业篮球联赛）球星吧？要不是MMA（综合格斗比赛）冠军？"

"爷爷哪知道那么多？你自己去问他啊。"

陈昭早看出来爷爷是不遗余力地鼓励他和刘震、夏瞳搞好关系。夏瞳的话，爷爷看中的应该是夏家的家世，刘震，爷爷看中的显然是他的个人潜力。"好，有机会我自己问他。"

陈爷爷满意地点点头。

"爷爷,有件事我想和您说一下。"

"什么事?"见陈昭郑重其事,陈爷爷也收起笑容,表情严肃地看着陈昭。

"学校里拿奖学金的学生在入学前领不到校服。"

陈爷爷"嗯"了一声,不置可否。

"其他的学生却都能在开学前领到校服。"

陈爷爷露出恍然的表情。

虽然陈昭不明白引入 cat fish 的初衷到底是什么,但校方一直贯彻的"匿名制"显然是为了保护那些拿奖学金的孩子而设置的。十几岁的孩子自尊心最为敏感,无法坦然接受"自己是班级里最穷的学生"这种标签也是情有可原,匿名制应运而生,体现载厚中学在人文关怀上的尽心尽力。可是这个用心良苦的匿名制度却因为这几年来一直存在的校服发放的时间差这种细节,在开学第一天就被攻破,也是校方没有意料到的事。

"有这样的事?"爷爷皱起眉头。

这种小 bug(错误),决不可能会被专门通报一路上传到陈儒忠耳中的,要不是陈昭特意跑来告诉他,他永远都不会知道。

"可不是嘛!这种事实在太傻了,简直啪啪打脸的。"陈昭看了一眼墙上的挂钟,嗷地惨叫一声,"要迟到了!"

"了"字的余音还在书房内回响,陈昭人已经不见了。

"小家伙!"陈爷爷笑着摇摇头,"浑身上下装满弹簧似的。"

第三章
麦田里的守望者

正式上课第一天,何菇一到学校就收到一份礼物,金宝宝为她准备的、装在漂亮的纸袋里的一套校服。

"虽然你比我高点儿,但我比你胖,我觉得这套你穿也合适。"

"可是……"何菇想推辞。

"不要就是看不起我!"金宝宝霸道地说。

何菇只得收下。九桑也收到夏瞳借给他的一套校服,九桑道了谢就大方收下了。

晚上回到家,何菇试了试金宝宝借给她的校服,肩膀刚刚好,腰略大了一圈。

"哎呀,这个可真好看。"何菇妈妈推着女儿的肩膀强迫她转圈。

"我又不是陀螺,你够了没?"

"这裙摆展开了可真好看。"何菇妈妈意犹未尽地住了手,"跟朵莲花似的。上衣有些短了,妈妈给你放一些?"妈妈翻开衣摆看了看,"至少能放半寸呢。"

"不行。"何菇忙说,"这是同学借我的。"

"借你的?你自己的校服呢?"妈妈皱起眉头。

"这次校服是分两批发放的,班上好多同学都没领到。"因为不想妈妈担心,何菇只好硬着头皮撒谎。

"哦。"妈妈笑了笑。

周三,何菇穿上了金宝宝借的校服,虽说仅仅是更换了一套衣服,但能摆脱那种被当作异类打量的目光,让何菇如释重负。

"你很喜欢吃三明治？"见何菇又像昨天一样买了一份三明治套餐，金宝宝好奇地问。整个套餐里唯一算荤的就是那片比打印纸还薄的火腿片。

何菇笑笑。苏雪饭量小，点了一份鳗鱼饭，让食堂师傅给做半份，师傅说："这钱不好算啊。"苏雪不假思索："就算一份的钱好了。"

金宝宝说："你干脆要一份好了，吃不完的你分给何……"又及时刹住，改口道，"给我啊。"

何菇又笑笑，金宝宝露出不好意思的表情。

"我也吃不下的。"何菇举了举手里的餐盘，"我先去找位子。"

何菇坐下没多久，苏雪也端着餐盘走过来，问道："宝宝呢？"

"来了来了。"金宝宝的脸从堆得小山般高的餐盘后露了出来。

苏雪震惊："你吃得下这么多？"

金宝宝坐下后将餐盘里一半食物分给何菇："这些都是我不喜欢吃的。"

"你不喜欢吃买它们干什么？"何菇也震惊。

"嗯，钱多烧的吧。"

和土豪做朋友的感觉实在太酸爽了。"我和你没仇没怨的，你为何处心积虑要把我喂成一个胖子？"何菇无奈地自我解嘲。因为看她吃得太寒碜，金宝宝主动花钱帮她加餐，这实在让何菇又感动又尴尬。

第三章
麦田里的守望者

金宝宝咧嘴笑。

苏雪坐在何菇身旁,贴近她小声说:"以后我都买一整份吧,正好我也吃不完。"

何菇无语,虽然她很清楚苏雪和金宝宝都是出自一片好心,但这种被接济的感觉还是让她觉得很糟糕,就好像她需要别人的同情似的。

何菇正想着自己的心事,对面餐桌的一个女生忽然扬声向这边说:"苏雪,过来和我们一起坐。"

苏雪性格温和顺从,又有无比可爱的玩具娃娃长相,即使和她同龄的女孩子,也会忍不住拿她当作小妹妹对待,所以她在女生中人缘很好。

高一(1)班一多半女生都坐在那张长餐台旁,苏雪见还有几个空位,就对金宝宝和何菇说:"我们一起过去坐吧?"

何菇露出为难的表情,但金宝宝已经兴高采烈地站起来。她做梦都想和班上的女生打成一片啊,现在终于可以实现这个小小心愿了。

"喂,那个谁,没让你过来啊!"有个胖乎乎的女生用手指点着金宝宝,其余的则冲她不怀好意地讪笑。

见金宝宝脸上挂不住,何菇急忙伸手拉她坐下:"宝宝我俩就坐这儿,来,吃饭了。"

苏雪在一旁露出无法理解的表情,小声道:"她们什么意思啊?"

"苏雪过来啊。"那边又催促。

"不了呢。"苏雪甜甜地拒绝。

"过去吧。"何菇轻轻推推苏雪,她不想连累苏雪也被孤立。

"何菇你可真弱。"金宝宝毫不客气道,说完却又舀了一大勺牛柳放进何菇的餐盘。

何菇无奈地摇头,她猜在金宝宝的世界里没有"惹不起躲得起"这回事。

"你就别担心苏雪了。她们才不会排斥苏雪呢,苏雪家那么护孩子,她们惹得起吗?"金宝宝不以为然地翻了个白眼,"只敢欺负我们这种家里不闻不问的。"

何菇和苏雪都听得笑起来。金宝宝化气愤为食欲,又去买了一堆炸鸡,埋头狂啃。苏雪则和何菇说起她最近在追的一部剧,一边说一边奶声奶气地模仿剧中年幼的女主角,天真的小模样实在太可爱,何菇忍不住伸手替她调整了一下夹在一侧刘海上的发夹。

"夏瞳,你的女神很有爱心哦。"隔了几张餐台之外,刘震对夏瞳说。

夏瞳转身看看,又转回来,道:"进食堂你眼睛就黏在苏雪身上,你拿她下饭啊?"

刘震暴怒:"我什么时候眼睛黏她身上了?我没事看她干什么?她很好看吗?"

夏瞳翻了个白眼,陈昭则端起餐盘换到夏瞳身侧坐下:"天,这大嗓门,打雷似的。"

那边金宝宝终于把所有炸鸡都啃光了,手也不擦,直接抓起鸡骨头,霍然起身。等何菇和苏雪意识到不对的时候,

第三章
麦田里的守望者

金宝宝已经大踏步走到对面的餐台,拍拍埋头吃饭的那个微胖女生。女生刚想转身,鸡骨头噼里啪啦落了她满头满脸。

尖叫声吓得陈昭筷子都掉了:"哎呀,竟然有嗓门比刘震还大的。"

午休快结束时,金宝宝被叫去了办公室。

"怎么能打架呢?"夏老师扶额,这才开学几天啊?最要命的是,涉事的是女生啊!

"打架?有肢体接触的才算打架吧?但接触到林梓萱脑袋的是鸡骨头,又不是我的手。"

夏老师哑然,他从未听过如此言之凿凿的狡辩。

"再说了,这事儿也是她不对在先。"金宝宝一副天不怕地不怕的样子。

夏老师给噎得差点儿没憋过气去:"我……我打电话给你家长!"

电话接通了,夏闪耀还没来得及自报家门,对方先说了句:"喂,哪位?"短短三个字而已,却听得夏闪耀目瞪口呆,他长这么大还没听过这么好听的声音呢,真是莺呢燕喃大珠小珠落玉盘。夏闪耀不由得诚惶诚恐:"您好,我想找金宝宝的母亲,我是她学校的老师,我姓夏。"

"我就是宝宝的妈妈啊。"

这悦耳的声音令夏闪耀不由得想象金宝宝的妈妈一定是个风华绝代气质超然的大美人。

"夏老师是吧?我家宝宝又犯了啥事?这孩子就是能闹腾呢,您尽管批评!揍她也行。"

夏闪耀听得眼前一黑，没事他揍学生干啥？何况还是个小女生。

"没事，我授权给你。"金宝宝妈妈用柔柔细细的嗓音豪气干云道，"金宝宝她皮实着呢，老师您随便打！"

夏闪耀无语。

"和了！"电话那头忽然传来一声又娇气又霸道的断喝。

麻将牌被推倒后搅动在一起噼啪响，令夏闪耀不得不将话筒拿远一些，苦口婆心道："金夫人，别说您授权不管用，就算教育部授权，我也不能打学生啊，喂，喂？"夏闪耀一脸无法置信地看看已经被挂断的电话。

金宝宝双臂环胸，一脸挑衅地看着班主任："夏老师，准备开打了吗？我妈授权给你了啊，随便打，我皮实着呢！"

夏老师到底是年轻老师，沉不住气，嘀咕了一句："你果然是你妈的女儿。"

"这话都不知听过多少遍了。"

夏老师深深看了金宝宝一眼，像是认输般摇摇头。

"我可以走了吗？"

"不走我也不敢打你啊。"

金宝宝没憋住，"扑哧"笑了声，她忽然发现这老师还挺有趣。"那我走了啊。"

"金宝宝，我能问你一个问题吗？"

金宝宝不知道班主任郑重其事地是想问她什么，两道犀利英气的眉毛戒备地皱起："除了问我家有多少钱之外，其他的都可以问。我对我们家的钱不关心。"

"不问你这个。我就问问，"夏老师停了停，"你会打麻将吗？"

金宝宝愣了愣，一边笑一边答："当然不会啊。老师你脑洞可真大。"

"那你也不算像你妈妈。"

金宝宝眨眨眼睛，脸上的笑容僵住了。

"下次别用鸡骨头丢人，你当你还在上幼儿园啊？"

金宝宝低着头不说话。

"和人有矛盾，解决的办法有很多种。"

金宝宝以为老师要开始说教了，岂料他话锋一转："比如犀利的言辞，直白的说法是骂人但不准带脏字；或是制造舆论，直白的说法就是，你可以背后说坏话。"

金宝宝无语。

夏老师："老师只是给你提供一下解题思路。"

金宝宝想了想："老师你这可是拉偏架啊。"

"喊，怎么可能？回头我还要和林梓萱她们几个说，不要公然挑衅、公开制造矛盾，暗箱操作有时才是打击对手最好的办法。"

金宝宝像看怪物一样看着班主任："夏老师，我怎么觉得你这是制造宫斗的感觉？"

夏老师差点儿一口老血喷出来，他明明是在教导她们人际交往中的策略啊！强行要求学生们都好好相处根本不现实，踏入社会后也绝对不会有和每个人都能好好相处这种完美的状态存在，那么如何应对自己讨厌和讨厌自己的人，就

是一项必须学会的技能。教育就是教化,保持表面的和睦才是被教化过的人类该做的事。

"金宝宝!你给我出去!接下来的十六个小时不许让我再看见你!"

金宝宝在心里默算了一下,十六个小时之后差不多就是明天的早自习了。而且,今天下午并没有夏老师的课。

"这老师真不错!"金宝宝在心里给夏闪耀点了一个巨大的赞。

"等等。"

正准备转身离开办公室的金宝宝又被夏老师叫住。

"金宝宝,刚才老师只是在和你开玩笑。"夏老师表情严肃,但眼神却很温和。

"老师你的笑点还真奇怪。"金宝宝嘀咕了一句。

"没有办法喜欢班级里每一个同学,这很正常,但要学会对每个人都心怀善意,这是对别人的基本尊重。"夏老师语重心长道。

金宝宝不以为然地挑眉。她觉得说出这种话的夏老师一点儿都不酷,瞬间变得很俗气。

"我为什么要对我不喜欢的人心怀善意?这是犯贱还是犯蠢?"

"这是学做人。"夏老师郑重说,"学着去做一个更好的人。"

"呵呵。我妈要是知道她花学费是让我来学这个,她这么败家也会心疼的。"

第三章
麦田里的守望者

"你要真学会了这个,那以后你就不会败家了。"夏老师犀利反驳。

"你……"金宝宝涨红脸,"那又怎么样?"

"你说呢?"

金宝宝怒视夏老师,却一个字都答不上来。她其实一点儿都不想长大后成为像她妈一样只懂在钞票堆里打滚的人。

"金宝宝,你到底想不想学好,你心里比谁都清楚。"

夏闪耀看着眼前这个浑身带着锋芒的女孩,有点儿感慨,虽然她的个性与整个大环境有些格格不入,但这个女孩终究没那么糟糕,她很坦诚,有她的闪光点。

"我才不要对讨厌我的人善良呢!"金宝宝竭力辩驳道,然后转身离去。

夏闪耀揉揉额角,为人师表,能做的其实也就是引导。种子他已经撒下了,能不能成长为果实,就看学生各自的造化了。

见金宝宝从班主任办公室出来,何菇和苏雪都紧张地迎上来。

"宝宝不开心!"金宝宝怒道。

"欸?"

"非常不开心!"

何菇和苏雪猜测金宝宝可能被夏老师严厉地批评了,所以如此恼火。

"夏老师到底说你什么了?"苏雪好奇地问。

"他说我应该学会做一个更好的人!"

苏雪和何菇面面相觑。这句规劝有哪里不对吗?金宝宝生气的点到底在哪儿?

关于"cat fish"的种种,在班级里始终是八卦的热点。

深扒的结果就是大家都知道了,九桑竟然出自高知家庭,父母均是重点大学的教授,就算和金宝宝这种土豪比家境不算特别富裕,但负担在载厚中学的学费仍是不在话下,九桑却出人意料地申请了奖学金。

何菇觉得好奇,别的同学可能不知道,但走过整个申请流程的何菇很清楚,载厚中学的奖学金申请是需要申报家庭收入的。九桑难道在申报时撒了谎?

至于何菇,被扒出来出自单亲家庭,母亲是开理发店的。

陈昭呢,有人说他爸爸是工地搬砖的,他暑期也要去工地打工,所以皮肤晒得那么黑,人也土里土气,连普通话都说不标准。

因为夏曈也借了一套校服给九桑,到了周四,班上唯一没穿校服的就仅剩陈昭一个了。

可是他像是对自己"独一无二"的处境毫无所觉,依旧泰然自若,课堂上积极主动地要求发言,操着蹩脚的普通话发表自己的各种看法。他就像选择性失明似的,根本看不见别的同学脸上的不屑。

何菇暗暗替陈昭担心,同时心里也有些困惑。像她这种家境远远低于平均水平的孩子,要么特别自卑,要么特别自傲,而这两种极端的态度都源自内心的失衡,不知道怎么恰如其分地面对现状。陈昭却总是表现得平和坦然、轻松自在。

第三章
麦田里的守望者

他身上有种笃定感,像是一切尽在掌握。

何菇隐隐有种感觉,陈昭的身份恐怕并不是大家传言的那样。

陈昭我行我素、高调行事,作为高一(1)班的三条鲶鱼之一,陈昭的家世显然并不差,何菇则时时沉默、处处退让,这就更显出陈昭的可恶。

他自信、张扬,整天笑眯眯的,似乎对周围的一切都很满意,甚至心满意足中还带点儿坏,活脱脱刚刚偷吃了小鸡的狐狸样。

陈昭当然也感受到了不明真相的同学对他的鄙夷和恶意,但他丝毫没有澄清的意思。

"你这是演哪出?"夏瞳好奇地问。在陈昭的特意要求下,夏瞳和刘震都帮陈昭保守了秘密。

"钓鱼。"陈昭给出一个莫测高深的答案。

"工地搬砖什么的流言,是你自己放出去的吧?"刘震也在一旁问。

陈昭挤了挤眼。

"你怎么这么腹黑啊?"

"祖传的。"

临时班委会的工作效率相当惊人,周三下午大家就都拿到了值日分配表。

刘震在值日表上找到自己的名字,看到和自己分在一组的是苏雪,立即乐开花,笑得见牙不见眼。与之相对的,则是苏雪的满脸忐忑。

  载厚中学为了杜绝学生四体不勤，所以将学校的大部分清洁工作都分配到各个班级，只有周六周日时才会出动专业保洁员进行彻底扫除，大体上就是采用了与辰夔在家里管教夏瞳类似的模式。何菇和金宝宝以及另外几个女生分配到的值日任务是清洁实验大楼三楼的实验室，时间是每周二和周五。刘震和苏雪分配到的是班级内部的扫除，和另外一组同学轮替，每组负责一周时间。

  劳动委员分组时是兢兢业业地做了周全考量的，因为苏雪娇小柔弱、力气很小的样子，所以他才特意将她和明显体力值爆表的刘震分配在一组。苏雪丝毫领会不到劳动委员的一片苦心，当她看到和自己的名字排列在一起的刘震的名字时，满脑子想的都是："太倒霉了，这是水逆吗？实在太倒霉了！"

  苏雪也想过要不要偷偷和金宝宝或者何菇调换一下排期，她知道她俩肯定都愿意和她换，可是，虽然她很害怕刘震，除了开学第一天他误会她是老师家的小孩而揪着她的后衣领把她提了起来这事之外，刘震并没有做过其他针对她的事。她不愿和他一组值日，好像在嫌弃他一样，这样对他似乎有点儿不公平。苏雪思前想后，终于还是决定服从劳动委员的安排。

  周五午休快结束的时候，夏瞳终于找到机会和最近几天一直刻意回避他的何菇说话。

  "何菇。"

  何菇窘迫地向夏瞳微笑一下，又想找机会溜走。

第三章
麦田里的守望者

"我只是想请你参加我的电影社。"夏瞳退而求其次。

何菇犹豫了一下:"那我有空去看下社团简介。"学校里的社团都可以在线申请。

"啊,那个……"夏瞳露出有些为难的表情。

"夏瞳的电影社,并没有官方盖印的。"刘震在一旁说道。

何菇不解。

"因为学校有规定,成员人数必须超过七人,才能申请成立社团。"

难道夏瞳的电影社都凑不够七个人?虽然对新学校的情况仍不是非常了解,但何菇也看得出来夏瞳是属于明星级别的学生,号召力应该相当不错才对。

"刚开始也是有不少人感兴趣的,但夏瞳坚持要面试每个申请者,第一个问题就是,请列举你最喜欢的三位导演,但答案只要不是'达内兄弟、迈克·李、阿基·考里斯马基、金基德、克里斯蒂安·蒙吉、押井守、今敏和李安',立即会被夏瞳撵出去。"刘震不知不觉用上了吐槽的口吻,"上次有个人说他喜欢诺兰,立即被夏瞳吐槽虚伪、不切实际呢。"

何菇眨了眨眼睛,刘震刚才提及的那几位导演,除了李安,她一个都不知道。"那我肯定通不过面试,我其实很少看电影。"

"不,不,你不用面试。只要你肯加入,社长都给你当。"夏瞳有点儿语无伦次。

何菇再次因为夏瞳奇怪的言行尴尬得不知如何是好。

刘震看了看忽然蠢得像笨蛋一样的夏瞳,耸耸肩,传达

了"兄弟只能帮你到这里"的意思,悄悄向一旁闪开。

"嘿!"三楼高二年级的几位学姐忽然探身向下喊,"我们的沙包掉了,帮忙捡一下呗?"

刘震见到教学楼前那棵梧桐古树的树丫里卡着一个橘子大小的彩色沙包。载厚中学的原址是一座闹中取静的城市公园,叫作来仪公园,因为园内有几株古老的梧桐树。据说为了保护这几株古木,建校时特意修改了原定的设计图纸。高中部的教学楼修改成一个略微倾斜的L形,恰好将一株梧桐古树环抱在其中。

几个男生都试图帮忙,但都以失败告终,见刘震走过来就给他让出地方。刘震从走廊护壁上探出身去,将手臂伸到最长,但还是够不着那只卡在树枝间的彩色沙包。

刘震向楼上的学姐们摊摊手,示意他帮不上忙,然后转身准备走开时,忽然发现苏雪站在几步远的地方,漂亮干净的眼睛直愣愣地望着他。

刘震知道苏雪望着他只是随大流,因为周围的同学都被这里的骚动吸引,将目光投向刘震所在的地方。可是他心底某处不知被什么触动了。

刘震从走廊护壁前退开两步,忽然又加速跃起,单脚踩在护壁上,整个人飞起来似的蹿向了对面的梧桐树。在众人的惊呼声中,刘震稳稳地栖在了树干上,抓起彩色沙包,向三楼丢去:"接着。"

三楼的学姐们大声向他道谢。

刘震"哧溜"一下,以一种野生丛林动物般的敏捷滑到了树下。他拍拍手走向一楼楼梯口时顺便抬头一看,二楼走廊里乌泱泱站满了人,视线的焦点全部落在他身上,苏雪仍在围观的人群中,显然被眼前一幕吓到了,雪白的小手遮在脸上,从指缝里向外看。

刘震一下子改变了主意,也不走楼梯,直接飞步蹬腿,"噌噌"两下再次直接上墙。几乎是眨眼的工夫,他已经手脚并用地攀过墙壁,高大却灵活的身体轻轻一晃悠,人已落进了二楼走廊里。

围观的同学又是鼓掌又是尖叫。

"天,这是武林高手啊!"金宝宝大声嚷道。

"真的啊,这是壁虎游墙功啊。"何菇也看直了眼睛。

"只是跑酷而已。"夏瞳不以为然地纠正。

"他怎么做到的?他怎么做到的?"陈昭痛心疾首,他已经接受和刘震之间智商和身高差距都超过10这个现实,可是刘震的运动天赋怎么也能好得如此逆天?

"你知不知道,国外有专门跟踪研究天才儿童的学者,他们得出的结论是,智商高的人,除了比一般人聪明,也比一般人更灵敏更健康更长寿。什么智商高身体就不好,那是普通人的臆想,刘震这样的,只要不是倒霉到出什么意外或得什么绝症,没病没灾地好好活着,他们的一辈子简直就是优人一等的一辈子。"夏瞳在一旁语气诡异地说。

陈昭嫉妒得两眼发红,但刘震一走到他跟前,他立即换上一脸比真金都灿烂的笑容:"刘震你可真是能文能武啊,赞爆了!"

夏瞳在一旁拍拍陈昭的肩膀，言辞恳切地说："你真是具备成为奸商的一切潜质。"

陈昭笑着点头："借你吉言啊。"

课间休息时间结束，聚集在走廊里的同学在悦耳的音乐铃声中向教室走去。夹在人堆里的苏雪因为身高的关系，完全呈"被淹没几乎找不见"的状态，忽然间苏雪感觉自己被提溜着向后。她惊慌地捂住被扯住的发辫，转向身后。今天她梳了单马尾，垂在脑袋后绑成一条松松的发辫。早上梳头的时候苏雪哪能料到有人会那么幼稚，拿她的辫子当缰绳一样拽住。

"你……你干什么？"苏雪有些害怕地仰视着刘震。

刘震当然不可能向苏雪解释，他方才居高临下看着她那种岌岌可危的类似溺水状态，实在看不下去了才出手搭救她的。矮成这样的人怎么没一点儿自知之明？在人堆里挤来挤去，她是找死啊？

苏雪见刘震不说话，又揪着她辫子不放，为了打破两人之间尴尬的状态，她只好鼓足勇气对他说了句："你刚才那样好危险啊。"

刘震忽然弯腰，也不管他身后的同学被他挤得直接向后弹去，刘震的腰几乎折成九十度，他平视着苏雪的眼睛，嘲弄地小声说了句："我翻墙，你怕个什么啊？搞笑！"

"苏雪苏雪！"那边金宝宝发现跟在身边的苏雪不见了，回头来找，就见苏雪低头站着，嘴扁扁的，一脸的委屈。

"你怎么了？"金宝宝问道。

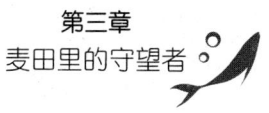

苏雪摇摇头。

"辫子怎么歪了？"金宝宝伸手替苏雪整理头发，"谁手那么贱啊？"

刘震，刘震，是刘震！苏雪敢怒不敢言，只能在心中呐喊。

周五最后一节课是艺术赏析和实践课。何菇直接在脑海里把课程名翻译成"美术课"。何菇喜欢画画，但在过去的学校，为了应试，美术课基本形同虚设。

老师提早了两分钟到教室，放下教案，转身在黑板上写起什么。

学校犹水也，师生犹鱼也，其行动犹游泳也，大鱼前导，小鱼尾随，是从游也。

等上课铃声响毕，她刚好写完，转过身来面对讲台下坐得整整齐齐的学生，盈盈一笑。几乎所有的学生都悄悄地讨论这句话的出处，何菇也不能免俗。

"别再交头接耳了，老师只是炫耀一下书法。"

大家一愣。何菇也觉得这位老师的板书特别漂亮，硬笔书法的功底深厚。这位老师长得也很清秀，看上去非常年轻，却穿了一件颜色暗淡的宽松长裙，衣上浅浅印着佩斯利花纹的图样。虽然在开学典礼上所有本学期的任课老师都出席了，但辰蓁实在太耀眼，以至于别的老师都无奈地当了她的布景板，几乎没在学生心中留下任何印象。

"我姓原，名羚。对，就是草原上的羚羊的意思。"原老师再次转身面对黑板，寥寥数笔已经在空白的地方勾勒出一幅画来，大草原上伫立着一头侧首回望的羚羊。

何菇叹为观止，心想这种老师来教艺术赏析和实践，那绝对靠谱啊。

"今天是第一节课，所以我想先和你们谈谈艺术的本质是什么。老师个人的看法是，艺术本质上是谎言。"

讲台下静默了片刻，有人小声反驳："所以老师你这门课是要教我们怎么优雅地说谎？"

原老师又粲然一笑，她没有直接回答这个问题，而是继续说道："大家都听说过《红楼梦》对不对？四大名著之首，代表着中国古典小说的最高峰。在这部小说里，作者曹雪芹的引言诗歌里写了这样一句话，"假作真时真亦假"。同时，开篇的线索人物叫'甄士隐'。曹公就差直接告诉诸位，《红楼梦》是个巨大的谎言。而古往今来所有优秀的小说都是一个个精心编织的谎言，但所有优秀的小说家都会强调一件事，写小说时必须真诚。"原老师娓娓道来，"那么这里的'真诚'指的是什么？"

"态度的真诚。"被老师的讲述吸引，听得入迷的何菇脱口而出。

"对，非常好。"原老师向何菇看了一眼，"对于合格的作者来说，只有感动自己的才能感动读者，只有你自己深信的才能让读者相信。"

"如同建筑的材料是砖石，小说的材料是虚幻之言。赋妄想以有形，这一句是押井守说的。"原老师说到这里，坐在后排的夏瞳眼睛一亮。

"老师，押井守是动画导演啊。"

第三章
麦田里的守望者

"对,他是一位动画大师,由此可知,所有的艺术种类从本质上是共通的。接下来我想让同学们看几幅画。"原老师放下黑板前悬挂的投影幕布。

"第一幅,莫奈的《睡莲》,光影变幻很美,但客观地说,高度近视的人在不戴眼镜的情况下才能看到这个样子的莲花池,视力正常的人看到的是更清晰的图景。

"这一幅是大名鼎鼎的凡·高的《向日葵》,这幅画虽然伟大,但单从形似的角度讲,不及格对不对?

"这一幅,是毕加索的《亚维农少女》,嗯,哪怕是高度近视的人,也不可能看到现实生活中有长成这样的人。"

在同学们的笑声中,原羚提出了一个问题:"虽然和现实之物存在偏差,但这些画都是真正的杰作,具备打动人心的力量,这是因为什么?"原羚耐心地让学生各抒己见之后,又总结说,"老师个人的看法是,这其中蕴藏着真实性。是的,这些画是真实的,这种真实不是眼睛看到的真实,而是心灵感受到的真实。"

原羚停了停,用了更郑重的语调:"我们怎么才能用自己的心灵去感受真实?"

台下的学生静静的,等待老师继续说下去。

"只有一个途径,唯一的、排他的,最简单也是最难的,我们必须拥有自我。"

"这有什么难的?"马上有同学反驳。

"真的不难吗?你真的知道你自己是谁吗?"原老师温和地争辩,"天地诞生于一片混沌之中,人也是。内在意识

的觉醒，就如盘古手持巨斧开天辟地，如果你真的找到了真正的自我，就不会说出'这一点儿都不难'。"

"老师，这么说也太武断了吧？"

原老师又是极灿烂地一笑，并不反驳："懂得质疑权威的人，自然会拥有更大的机会看清人生的真相。

"下面我来介绍一下这节课的教学目标。通过这节课，我并不想仅仅教会你们，有多少种绘画流派以及它们产生的原因，各个时代杰出艺术家的代表作，各种绘画的技巧，如何去鉴赏艺术品，当然将这些作为知识传授给你们是我的本职工作，我会按照校方要求完成，但关于这堂课的教学目标，我有我个人的打算。我希望借由这堂课，让你们有机会发现真正的自我，能明白自己到底是怎样一个人，以及想拥有怎样的人生。"

"老师，你是想教我们如何叛逆吗？"有个坐在后排的男生捏着嗓子起哄道。

"不，我不会教你们怎么叛逆，就如同我不会教你们怎么去崇高伟大。我想教的只是让你学会如何'做自己'。并不是有勇气和这个世界对抗的叛逆的孩子才算有自我，天生温和的孩子一样有自我。有的人就是愿意服从权威，内心深处完全没有任何叛逆的想法，觉得自身的磁场和整个大环境无比契合，真心喜欢社会上的习俗定规，就是愿意按部就班地完成自己的人生，那你就去这么做。天性温和，温驯得像洁白的羔羊，一点儿都不丢脸，正如那些天生头角峥嵘怒气冲冲的叛逆的孩子一样，他们从不觉得和整个世界对立是丢

第三章
麦田里的守望者

脸的事呢。那位同学,你说对不对?"原羚反问刚才挑刺的男生。

大家哄笑起来,男生涨红脸,但原羚却又说道:"天生喜欢挑战和质疑权威,也确实不是丢脸的事。只要是天性,就肯定有值得去肯定的地方。如果你是那种觉得自己和一切都格格不入的人,那么你就不需要追赶时代的风潮,大可以按照自己的节奏、顺从自己的心意而活着。当然大前提是,在大是大非的问题上不能出错,以及要明白'自我'和'自私'是完全不同的两件事。"

"老师你可真古怪。"听这些长篇大论听得晕头转向的金宝宝终于按捺不住,冲口说出这么一句。

"这位同学,你可真张扬。"原羚微微一笑道,"嗯,让老师来猜猜,你这么说并不是因为你爱出风头,而是你天性如此。"

原以为自己会挨骂至少也要挨上一个白眼的金宝宝望着丝毫没有怒意的原羚,有点儿不好意思地咧咧嘴。

"最后,老师仍以一本小说来作为这次开场白的结束语。《麦田里的守望者》,这本书中我最喜欢的一段话是'我将来要当一名麦田里的守望者。有那么一群孩子在一大块麦田里玩,几千几万的小孩子,附近没一个大人,除了我。我就站在那混账的悬崖边,我的职务就是在那里守望。要是有哪个孩子往悬崖边来,我就把他一把捉住'。"原老师背诵完毕,又露出晴空般的笑容,"这曾是促使我当一名教师的缘由之一,我也想当一个在麦田里守候小孩子的大人,但我并不想

仅仅当个守护者,我希望能教会那些撒丫子乱跑的天真的孩子一些真正有益的东西,令他们具备即使有一天跑出了麦田,也找得到自己的方向,并且好好地走下去的能力。接下来的一学年,希望我们可以携手共同进步。好,下面开始今天的课程……"

很快一堂课就上完了,下课前原老师提醒了一下十月中旬会举行的校园艺术展,希望大家能踊跃提交作品参展。直到原老师离开教室之后,何菇心中的震荡仍是久久不能平息。因为她之前从来没遇到过像原羚这样愿意和学生坦诚相对的老师。

"她其实和夏老师一样是意图说服学生的吗?"金宝宝一边收拾书包一边不以为然道,"什么跑出了麦田也不会迷路,我觉得很莫名其妙!"

何菇看着表情丰富的金宝宝,脑袋里飞速掠过一条弹幕:冥顽不灵。

"我觉得能毫无保留地向学生们说出自己内心想法的老师都很可敬。"

苏雪在一旁点头附和。

"矫情!"

"你并不需要用攻击别人矫情来标榜你不矫情。"何菇直视着金宝宝的眼睛,"如果所有你理解不了的言行都算矫情,那这个世界上一定只剩你自己最真诚最实在。"

何菇说完才意识到自己好像太过犀利了,不过看到原老师的真心被金宝宝诋毁为矫情,她实在难以压制心中的气愤。

苏雪呆呆地看着何菇，何菇这几天一直表现得很谦和，甚至有点儿胆怯，谁能料到她也有疾言厉色的一面？

而突然遭到抢白的金宝宝则恼羞成怒："你……何菇你个马屁精！"

何菇咬咬嘴唇，这种侮辱性的指控让她打消了对金宝宝道歉的念头："随便你怎么想。"

"你这种所谓的好学生最擅长的就是拍老师马屁！"金宝宝更加口不择言。

何菇转身就走。

苏雪在一旁急得不知如何是好："金宝宝，你怎么能这么说呢？"

"我哪里说得不对了？"

"何菇何菇！"苏雪又追着何菇的背影喊，但何菇连头都不回。

谁也不曾料到，开学第一周接近尾声的时候，三个一直相处和睦的女孩，竟然闹得不欢而散。

何菇快要走到校门口的时候，被一个老师拦住。

"何菇，好。"老师核对了一下何菇交上来的学生证，"你确认一下这些数据对不对。"老师将学生证还给何菇，同时递给她一张表格，上面有身高、体重、肩宽、腰围等数据，"还要确认一下收件地址。"

何菇按照指示核对了一遍，表示都是正确的。

"好的。周末注意查收一下快递。"后勤部的老师说完后走开了。

周六晚上，何菇果然收到了加急的同城快递，拆掉最外层的快递袋，里面有个印着载厚中学LOGO(商标)的礼品袋，袋子里装着四个防尘袋，两套夏季校服和两套运动服平平整整地躺在里面。

何菇小心翼翼地取出校服，不知不觉露出傻乎乎的微笑。虽然只是姗姗来迟的校服，却让她感受到了期盼已久的归属感。她很喜欢新的学校，硬件一流，师资力量雄厚，有多到超乎她想象的各种资源。

虽然和金宝宝的争执让她很难过，但她本来就不该指望在这个地方收获真正的友谊，她亟待获取的是原老师在课堂上说的那种"即使走出了麦田也能找到自己的方向并且走下去的能力"。

何菇回头看了看摆在她的小床床头、已经洗晒好并且熨烫过的，那套金宝宝主动借给她的校服。

没关系，周一就可以还给她了，然后就两清了！何菇故作豁达地想。她才不需要什么好朋友呢，她只需要能给她带来更好的未来的好成绩！

棂星门，奎文阁，大成殿，杏坛，八佾舞，十三御碑亭，七十二贤人，三千门徒……

如果听完这一系列关键词，你还不知道我在说什么，那你真的不能算是一个合格的华夏子孙哦。我说的是位列中国三大古建筑群之一的孔庙。

孔庙东侧就是孔府，后人因宅立庙，之后经过历代修葺、增建，终成今日恢弘的规模，成了推崇儒家文化的人的朝圣之地。

我喜欢孔子，对的，不是崇拜不是敬仰，而是喜欢。了解孔子的生平经历之后，你会发现这位被称为"天纵之圣"的伟人竟然是个出身平凡的孩子。

他由母亲独立抚养长大，因为家庭条件的限制，他不能像别的贵族子弟那样轻而易举获得学习的机会，所以他年少时便四处游历、结交朋友，努力地拓展眼界、吸收各种知识，因此在《论语》中留下名句："三人行必有我师焉。"

年纪渐长成家立业之后，他为了照顾妻儿，做过委吏（管仓库的），做过乘地（管牛羊的），甚至做过大贵族家的侍从。

把孔子的经历置换到现在，大致就等于：一个出自清贫的单亲家庭的高档住宅区的保安。

中国文化史上被尊崇为"圣人"的，比如"诗圣"杜甫，"小说之圣"曹雪芹，即使后来生活贫困潦倒，但他们早年都是真正的贵族子弟，出身于钟鸣鼎食之家，有一个安稳富足且学习机会唾手可得的童年。孔子却连这样的先天优势都没有，他完全凭借着后天的努力，自强不息，好学不倦，成就了最好的自己，留下了无可估量的精神遗产。

不学礼，无以立。

居处恭、执事敬、与人忠。

己欲立而立人，己欲达而达人。

君子和而不同，小人同而不和。

士不可以不弘毅，任重而道远。

……

他所留下的精神的火种,点亮了无数有志于学的后人的内心。

也许学究们不会同意,但我就是认为,孔子是一个终生追求"如何让自己变得更好"的人。

所以,他能做到的你也能,只要一直保持努力就好。

所以,我说我很喜欢他。

——摘自"小公主在路上"的博客

第四章

假面舞会

　　她是大家庭里唯一一个小辈，从小备受呵护，完全是按照"捧在手心怕摔了、含在嘴里怕化了"这种路线被宠大的。在学校里，因为长相甜美性格温和，老师和同学也都很喜欢她。但刘震的所作所为却让苏雪生平第一次尝到了被欺负的滋味。

随着迎新舞会的临近,班上的气氛越来越热烈。女孩子们都凑在一起讨论装扮的问题。这又是一个何菇参与不进去的话题。

周一何菇把金宝宝的校服还给了她,说完"谢谢"就移开了视线。金宝宝抓着何菇递给她的手提袋,嘴唇动了动,明显想说些什么,但何菇冷漠的脸色令金宝宝渐渐竖起英气的双眉。

"有什么好谢的?施舍你而已!"

"金宝宝!"苏雪在一旁着急地制止,"你又在乱说什么啊?"

金宝宝脸一扬,摆出她能做出的最傲娇的表情。

苏雪夹在中间左右为难,经过一番艰难的抉择,她终于决定站在何菇这边,毕竟事情都是金宝宝挑出来的,伤人的话一句接一句。

落了单的金宝宝开始厚着脸皮向班上其他女生靠拢。吃饭的时候不顾林梓萱等人的白眼,和她们坐到了一起。

女生们都在讨论服饰的事。

"听说这次是面具舞会啊。"

"你准备用什么面具?"

第四章
假面舞会

"据说现场会提供女生面具的啦,只有男生才需要专门准备面具。"

"我还是想买一个镶满水钻的亮闪闪的威尼斯面具。"

"我也喜欢威尼斯面具哦,我家里有好几个呢!是我妈跟团去欧洲玩的时候买的,她去的时候一个箱子,回来的时候八个箱子哦!"

金宝宝嗓门最响亮,但她说完之后,根本没人搭腔,只剩金宝宝给自己捧场的笑声在空洞地回响。

苏雪一再望向金宝宝坐的地方,玩偶般精致的脸上露出不忍的表情。

有几个其他班的女生走到(1)班女生那张长餐台旁,大概是要一起讨论迎新舞会的事,其他女生纷纷邀请她们坐下,但恰好少一个座位。

金宝宝被支派着站了起来。她不得不捧着餐盘一个人坐到角落里一张小餐台旁。

苏雪露出无法置信的表情:"她们怎么能……"

"你去和金宝宝一起坐吧。"何菇提议。

苏雪为难地笑笑。

"我一个人也很好。但是金宝宝……"何菇极力克制,但还是忍不住露出一丝轻蔑的表情,"她一个人可不行。"

苏雪甜美的小脸皱成一团,显然内心正在痛苦地挣扎,何菇被她逗乐,她所有心情都能如实体现在脸上,感觉整个人都像透明的一样。"没事啦,你去吧。"何菇说道。

苏雪抱歉地看看何菇:"那我过去啦。"

何菇笑着点点头。

苏雪端着餐盘走到金宝宝身旁,何菇远远望见金宝宝露出一个极大极灿烂的笑容,就算她此刻还在生金宝宝的气,也不得不承认,这家伙实在拥有感染力十足的明朗笑容。何菇的目光又在聚集着(1)班女生的那张餐桌上扫过,因为她自己也是被孤立的对象,所以对她们这样排斥金宝宝不免感同身受。金宝宝只是口没遮拦,并没任何坏心眼,意识到自己竟不知不觉在心里替金宝宝辩护起来的何菇不由得哑然失笑,金宝宝的口没遮拦可是具有炸弹级别的杀伤力啊,她刚被炸过不是吗?

金宝宝恰好此刻将视线转向何菇,见到她在笑,大概是误会何菇在笑话她,立即恶狠狠地瞪了她一眼。

何菇叹了口气,低下头,在心里发誓,以后再也不搭理这个小屁孩了!

何菇很快吃完午餐,端起托盘送往餐具回收台,前面有几个学生在排队,何菇恰好站在了靠近(1)班大部分女生聚坐的那张长餐桌旁。

"亦柔,我看了你那篇孔庙的游记,角度可真新颖。"曾是文学社社长的叶欣推推眼镜,赞许地向亦柔说,"尤其那句'他完全凭借自己的努力,成就了最好的自己'。"

"还有,那句'不是膜拜而是喜欢'。"

(1)班有几个文学爱好者,大家围着亦柔问长问短。

何菇有点儿不敢相信自己听见的,她有些僵硬地慢慢转身,恰好对上了亦柔的视线。虽然不明白何菇为什么突然死

第四章
假面舞会

死盯住自己,但亦柔还是报以微笑,并微微点头打了个招呼。何菇很艰难地挤出一个笑容算作回应。

她和别的同学看法一样,也觉得亦柔很完美,而且是从里到外无可挑剔的完美,她是班上为数不多的几个并没有因为何菇鲶鱼的身份而看轻她的人,所以何菇一直对她抱有特别的好感,但那篇孔庙游记是怎么一回事?

何菇默默转身,放下餐具,一个人离开了食堂。

到了迎新舞会这晚,学校礼堂前用鲜花和绿藤搭了一座花门,负责组织舞会的学长学姐们站在花门两侧为入场的新生分发腕花和面具,十几台星空投影仪分置在礼堂前的空地上,映出一道人工银河。礼堂内隐隐有乐声传出。

何菇远远站在一旁,看着大家欢声笑语地越过花门,踩着满地繁星,向礼堂内走去。

她仍旧穿着开学那天穿的细条纹连衣裙,抱着一丝侥幸来到学校才发现,就像她在班级群里看到的往届迎新舞会的照片一样,所有女生都隆重地穿着礼服裙。

"人靠衣装"这话还是挺精辟的,何菇发现开学不过区区十来天,她就屡次因为着装问题产生自己是被排斥的异类的感觉。可是,无论如何,她是不可能向妈妈伸手要钱买穿一次就要束之高阁的裙子的。说到底,还是她太虚荣吧?何菇叹了口气,压抑着心中的渴望,自我检讨起来。

"何菇呢?"夏瞳在礼堂内团团转了一圈,却还是没有发现何菇的踪影。主持人已经致辞完毕,舞会即将开始了。

"我也没看到。"刘震心不在焉地答。

　　和其他女生比起来，苏雪的装扮很普通，只是一袭浅色的公主裙，头发在脑后盘成发髻，脸上戴着在花门处领到的普通蝴蝶面具。因为个子实在太小，怎么看都像个误闯入舞会的小孩子。刘震不知不觉就走到了苏雪身前。

　　苏雪感觉眼前光线骤暗，下意识地退开一步，然后抬起头。"刘……刘震。"虽然光线很暗，她看不清刘震的脸，但这种好像随时能顶穿天花板的身高，不是刘震还能有谁？

　　苏雪本能地想逃跑，但腿软。

　　"面具太大啦。"

　　按普通规格定制的面具，罩在苏雪脸上足足大了三分之一，看上去就很不协调。

　　"还好啊。"苏雪扶扶面具，窘迫地说。

　　"换一个。"

　　"什么？"苏雪没能立即理解刘震的意思，脸上的面具忽然被摘掉，刘震不知从哪儿摸出一个小小的面具，"啪"地按在苏雪脸上。

　　苏雪感觉鼻尖被压得有点儿痛。"你……你干什么啊？"她拽掉刘震硬扣在她脸上的面具，"这什么啊？"

　　像只小兔子，但耳朵圆得很奇异。

　　"伊犁鼠兔。"

　　"什么？"

　　"一种比大熊猫还要珍稀的小动物，非常萌。"见苏雪只是将面具摊在手里，刘震不耐烦地催促，"戴上吧，不知道多适合你。"

第四章
假面舞会

因为萌,所以适合她吗?苏雪有点儿不好意思,面具非常精致,里面那层似乎是衬了丝缎,贴在掌心的皮肤上软滑得就像一片雪。"这个是你自己做的?"苏雪猜测着问,她也听说过刘震是十项全能,初中的时候曾因为用火柴棒搭了一架战斗机而名动四方,最搞笑的是关于刘震的各种神乎其神的传说中,有一项是他会绣双面绣。所以,手制一个面具对他来说是不在话下吧?

"嗯,不然你以为呢?"

是特意为她做的?苏雪忍不住又开始脑补,恰在此时,第一支舞曲响了起来。苏雪抬头看看双手抱胸站在她面前如石柱般纹丝不动的刘震,她戴上鼠兔面具,等待着刘震发出邀请。可是时间一分一秒过去,刘震依旧保持石柱状。

"刘震?"苏雪忍不住小声道。

"嗯?"

"你不邀请我……"苏雪鼓足勇气,但话还没说完已被刘震打断。

"邀请你共舞?开什么玩笑?和你跳舞不是和家里的宠物猫跳舞一样啊?你还没我家小猫站起来高呢。"

苏雪呆住。什么啊?他为什么要这么说啊?苏雪察觉到面具里层的绸缎内衬变得湿湿的,这才意识到自己哭了。她很想把面具摘下来丢给刘震,但又怕被他看出来自己哭了,苏雪委屈地跺跺脚,转身跑开了。

刘震呆了呆,怎么眨眼间小团子就走了?果然目标太小了,一不留神就跟丢了。

只是开个玩笑而已,竟然就生气了?敢不敢再娇气一点儿?刘震懊恼地想。他只是说她没宠物猫高而已,他说的难道不是事实吗?他怎么可能真的拒绝邀请她共舞呢?他都亲手替她做了面具不是吗?

"刘震?哇,光线这么暗我能看出你脸色发黑,你咋了?"夏瞳靠过来问。

"接受了礼物不说谢谢就跑,没礼貌!"刘震愤愤然嘀咕了一句。

"啥?"

"夏瞳,刘震。"陈昭走过来。

"哟,总算露出继承人的真身啦。"夏瞳看了陈昭一眼,打趣道。

和其他男生一样穿了黑色燕尾服的陈昭,身姿挺拔,玉树临风。

陈昭笑笑:"彼此彼此。"他将视线转向仍沉浸在个人怨念中无法自拔的刘震,"刘震,能不能帮个忙?"

"嗯?"刘震心不在焉。

"你想让他帮忙,不如来求我。"夏瞳特别得意地说。

陈昭点点头。夏瞳和刘震好得能穿一条裤子,要不是腿长差距太大,估计他们天天换裤子穿。

"帮什么忙,说!"

陈昭看了看礼堂角落里那个娉婷雅致的身影,缓缓道:"我想借刘震当一晚打手,帮我拦住所有试图接近倪亦柔的男生。"

第四章
假面舞会

何菇抱着手臂站在一棵老梧桐树下探视礼堂那边的景象。

除了教学楼前的那一株，这是校园里另外一株被精心保护起来的古树。沿着古树的周边修了一道半人高的树篱墙，仅留一道窄窄的铁艺门以供出入。在古树左侧树荫覆盖的地方修造了一个精巧的八瓣莲型喷水池，到了晚间水池周边的彩色地灯就会亮起，将每半个小时喷洒一次的喷泉染上霓虹般的色彩。

可是因为今晚礼堂正举办迎新舞会，灯火通明，两相对照，古树喷泉下的夜光灯就黯然失色了。一个人站在这里的何菇心情未免有点儿萧瑟。

"何菇。"

"今九桑？"

何菇惊喜地转身，忽然发现一个同伴的感觉让她十分开心。九桑和她一样，也穿得很随意，显然并不打算参与到舞会之中。

"我就是来开开眼，从来没见识过这种场面。"九桑坦然道。

"我也是。"何菇笑道。

两人聊了几句过去的学校，何菇对九桑说："市一中据说曾经有过一个超强的班，有一半学生都被北清录取了？"

九桑点头："你想问我为什么不干脆留在市一中对吧？一中的学费虽然不算太贵，但也是要花钱的。哪像载厚中学，所有费用全包，还给发生活费。"

何菇有片刻的无语，父母都是教授，需要计较这点儿花

费吗?""可是像你这种家庭条件,不申请奖学金也没关系吧?"何菇委婉地说。

九桑摇头:"因为和父母之间有些问题,我必须用这种方式来解决。啊,别误会,我和我爸妈感情很好,只是一些观念上不合。我决定用勤工俭学的方式完成义务教育之后的所有学业,不需要他们帮我缴一分钱的学费。在申请书上我也写明了前因后果,本来只是抱着试试看的心态,没想到最后真的拿到了。"

九桑没有详细说出他和父母之间观念不合的问题关键在哪儿,何菇也就知趣地不再追问。"我还以为你谎报了家庭收入故意来骗奖学金的。"何菇开起玩笑。

"真的?"九桑笑起来,"我看起来有那么奸诈吗?我一直以为自己长了一张标准版的优等生的脸。"

"真的呢。简直就是标准测试的标准答案那么标准。"

两人都哈哈笑了起来。九桑显然没料到何菇也有这么幽默的一面,何菇也没料到看上去浑身闪耀着标准优等生光辉的九桑其实这么随和。

九桑隔着树篱望向灯光璀璨人影幢幢的礼堂:"何菇,你觉得我们以后会成为什么样的人?他们以后会成为什么样的人?"

何菇心想我和你可不是一个世界的啊,九桑的家境即使放在载厚中学里也不算差。

"你会成为什么样的人我就不得而知了。"何菇笑笑,"但是呢,我知道我应该不会成为像我妈妈那样开路边理发店的

第四章
假面舞会

小业主。至于他们,"何菇向着盛满了音乐和欢笑的地方指了指,"肯定也绝对不会成为开路边店给人剪头发的人。"

"不一定哦,说不定因为爱好当上了理发师呢?"

何菇莞尔,在没有生计问题迫切需要解决的情况下,自然可以从容选择任何职业,成为任何想成为的人。比如金宝宝,比如苏雪,这种蜜罐子里泡大的小姑娘,她们的人生之路一言以蔽之大概就是:心平气和地为所欲为。别说当个剪头的,就算当个专业卖萌的也是随她们高兴啊。

"你家里压力很大吧?"九桑见何菇注视着礼堂,眼色不停变幻。

"其实还好,落差带来势能,这种能量如果运用得当,就是促人奋进的驱动力啊。"何菇答得极有骨气。

九桑看看何菇,还未来得及说话,身后就响起"啪啪"的掌声。

"说得好!"夏瞳从树篱后直起身,天知道他在那儿猫了多久。

何菇尴尬得不知如何是好,见夏瞳走近,下意识地闪到了九桑的身后。

夏瞳看看九桑,眼底怒焰升腾。九桑能感觉到夏瞳的敌意,但不明白是因何而起。

"你站我旁边!"夏瞳道。

"欸?"九桑满脸问号。

夏瞳理直气壮地走到九桑和何菇之间,伸手将九桑拨开。

"你……"九桑涵养再好,此刻也有点儿怒了。

夏瞳根本不理会九桑,满脸堆笑转向何菇:"你怎么不进去啊?"

"迎新舞会并没有硬性规定每个学生都要到场,所以……"九桑见何菇讪讪地不说话,就替她解围道,但他话还没说完就被夏瞳打断。

"我问你话了吗?"夏瞳毫不客气地对九桑说,脸上的表情张狂得很欠揍。

九桑怔了怔,还没想好怎么反击,有人跳出来向他身前一挡,冲夏瞳气势汹汹地怼了一句:"九桑也不是回答你啊!"

个子不足160厘米,气势却有一丈八的金宝宝捏起空着的那只手,攥得紧紧的小拳头像是已经做好了随时要揍人的准备。

夏瞳一下被逗乐了:"英雄救美啊你。"

九桑在一旁露出窘迫的表情。

"我刚才只是开玩笑啦。"夏瞳像是真的怕了金宝宝一样,立即认怂。

金宝宝见夏瞳服了软,这才收回小拳头。"就因为人家是 cat fish 就欺负他,简直 low(恶劣)爆了。"金宝宝嘀咕了一句。

"我哪有啊。"夏瞳喊冤,"你手上拎的什么?不会是一袋子百元大钞吧?"

金宝宝知道夏瞳在取笑她开学那天捏着一百块到处和人"碰瓷"的事,愤愤地说:"关你什么事?反正不是给你的。"

夏瞳很欣赏性格直率的金宝宝,即使屡次被抢白他也没

第四章
假面舞会

生气,继续逗她:"那是送给今九桑的吗?"

"才不是!"金宝宝赶紧澄清,"我是送给何……"金宝宝及时打住话头。

何菇已经借着地灯的灯光看到金宝宝手里拎的是一个印着 logo 的精美纸袋,纸袋里似乎装着一条裙子。

金宝宝是早就料到她没有舞会的礼服,所以特意拎了一条来准备给她的?但这算是示好?还是施舍呢?何菇仍是无法对金宝宝之前的话释怀。

金宝宝见何菇不说话,有些难过地低下头。"我谁也不送,我拎着我乐意,不行啊?"她的声音降了八度。

"何菇!金宝宝!"

何菇和金宝宝一起循声看去,只见苏雪飞奔而来,像是有什么怪兽在背后追她似的。

"怎么了?"

何菇和金宝宝赶紧迎上去问。

苏雪用力抓住何菇伸过来的手,金宝宝则安抚地拍着苏雪的后背:"你怎么发抖啊?出什么事了?"

苏雪仍戴着那个刘震硬扣在她脸上的面具,何菇和金宝宝看不清她的表情,但都听到了细微的啜泣声。苏雪难忍心中的委屈,终于下定决心控诉刘震的恶行:"刚才在里面,刘震……"

"面具还给我!"刘震一个纵跃跨过了冬青树结成的矮树墙,"噌"一下出现在众人面前,吓得所有人都倒吸一口冷气。

"刘震你大半夜炫技不怕被人当成鬼啊？"夏瞳吐槽。

刘震手臂一伸攥住苏雪的肩膀，何菇和金宝宝都没意识到发生了什么事，苏雪已经被刘震拎走了。苏雪吊在半空双脚都不着地，毫无反抗的余地，夹娃娃机里被夹起的娃娃看上去都没她可怜。

"放我下来！"

"面具还我！"

"你……你说送给我的……"苏雪结结巴巴道，声音明显地发颤。

"不说谢谢就还给我。"

"不还！"苏雪忽然张开小小的手，用力捂着脸上的面具。她才不稀罕这个伊犁鼠兔面具呢，可是如果此刻摘下来，她哭得涕泗滂沱的丑八怪样子就得暴露了，"不还，不还！"苏雪已经没法掩饰自己的哭腔了。

"那你说谢谢啊。"刘震好整以暇。

"不说！"向他说谢谢？苏雪此刻讨厌刘震到恨不得踢他几脚，如果她踢得到的话。

夏瞳、九桑、金宝宝、何菇在一旁都看傻了眼。

和猫咪般小巧的苏雪相比，刘震完全是一头阿拉斯加棕熊，刘震和苏雪起了争执，不管双方谁对谁错，看上去都是刘震在欺压苏雪，所以在场所有的人都向刘震投以万分谴责的目光。

"送出去的东西还往回要？你还要脸吗？"夏瞳毫不客气地说。

第四章
假面舞会

"你别碍我的眼!"刘震毫不客气地答。

"你放下苏雪。今天舞会是有巡场老师的,你是想我们去找老师来吗?"何菇在一旁说了一句。

刘震恨恨地瞥了何菇一眼,又看看捂着面具不肯松手的苏雪:"好,既然这个面具你这么喜欢,就留着吧。"

刘震手臂向下放了放,苏雪脚尖踩到了地面,立即向后猛退,差点儿摔倒,幸好金宝宝及时抢上前扶住她。何菇也走过来,轻轻拍拍苏雪的肩膀,叫她别怕。

刘震很不屑地哼了一声,转身就走。

"刘震,你今天到底怎么回事?"夏瞳不放心,看看何菇,还是决定追上刘震,"你跑什么?搞得像畏罪潜逃似的,喂!"

礼堂外正闹得不可开交的时候,陈昭扣上面具,走向一直站在礼堂角落始终保持着踟蹰张望姿态的亦柔。亦柔很少会像今天这样怯场,她的漂亮和大方总会令她自然而然地成为人群的中心,被众星捧月地环绕着。但今天她走进礼堂后,一直在不起眼的暗处贴着墙壁站着,要不是陈昭始终在留意她的踪迹,从花门一直跟进来,他恐怕都发现不了她待在哪儿了。

"May I(我可以吗)?"陈昭略微躬身,同时向亦柔探出一只手。

亦柔吃了一惊,有些慌张地把手搭在忽然冒出来的邀舞的男生掌上,她甚至连"I'm glad to(我很乐意)"的回答都忘记说了。男生很郑重地轻轻握住她的手,另一只手几乎不易察觉地搭在她的腰侧,亦柔感觉到一股轻微却坚定的力

量传递过来,她的身体随之便被带了出去,随着回响在礼堂内的乐曲的节奏,如冰上滑行般流畅地转了出去。亦柔莫名觉得她和这个男生像是变成了两尾游鱼。

来参加迎新舞会之前,亦柔苦练了所有的舞步,她有信心绝对不会出错,但刚开始一小段仍难免生涩,却因为舞伴娴熟圆融的配合,而有惊无险地度过。

她没有踩到他的脚,也没有自己把自己绊一跤,亦柔曾设想过的最糟糕的状况都没有发生,她松了口气,渐渐地找到了属于自己的节奏。有些僵硬的身体彻底舒展开来,如被轻风吹起的柳条,摇曳生姿。

亦柔觉得对面这位陌生且神秘的舞伴就像一股围绕着她的微风,随着音乐轻轻吹拂,只要她保持足够的轻盈,就能随风而舞。亦柔对面具下男生的真面目产生好奇,像这种令她怯场的舞会,他却表现得游刃有余,显然类似的场合他出席过无数次,所以才能这么从容不迫,风仪完美。

他和她是一个班的吗?他会是谁呢?

大概留意到亦柔正目不转睛地注视他,男生的嘴角向上挑起,微笑起来。

他的嘴巴好漂亮啊!亦柔虽然为自己突然产生的念头感到丢脸,但这个想法就像气球被戳破后"噗噗"漏气似的不停在她脑海里横冲乱撞。眼前的一切都随着加快的舞步而开始变得模糊,绚丽光影中唯一清晰的只剩下黑色面罩下弯出了恰到好处的弧度的嘴角。

"你……"

第四章
假面舞会

因为走神,亦柔终于功亏一篑,在这支舞曲结束前踩中了男生的脚:"抱歉!"

"没事。"

"我叫倪亦柔。"亦柔摘下了白色的羽毛面具,以退为进,等待男生揭晓他的身份。

"我……"陈昭的手按在自己的面具上,刚准备揭起,有人斜插进来,向亦柔做出邀舞的动作,对这套礼仪仍有些生涩的亦柔来不及反应,就被那个男生又带向了舞池的中央。

"我……"陈昭愤愤地摘掉面具,刘震不是答应他帮他拦截所有的竞争对手的吗?陈昭环视一周,礼堂里哪有刘震铁塔般的身影?

舞池里女生们霓裳羽衣巧笑倩兮,个个都如花精灵般可爱美丽,而和女孩子千姿百态的华美装扮不同,男生都穿着类似的深色礼服,只有脸上戴的面具各出心裁,传统瑰丽的威利斯面式、彩绘木刻的印第安式、京剧脸谱式以及cos(角色装扮)时下当红的动漫人物……显然大家都花了心思精心准备。

亦柔穿了一袭收腰过膝裙,上衣部分是深玫色丝缎,裙摆则由浅粉、深粉两种颜色交错的蕾丝一层层堆叠而成,裙摆上缀满了各种海贝形状的亮片,左手手腕上系着入场时领到的玫瑰腕花,脚上穿着鞋跟大约五厘米的浅口鞋,本来就身形高挑的她更显得鹤立鸡群。即使满场都是漂亮的女生,亦柔依然当之无愧是最出挑的那一个,妥妥的舞会之花。之前她躲在角落时就如明珠蒙尘,此刻被置于舞池最显眼的地

方立即大放异彩,几乎所有人的视线都落在她身上。

亦柔仍在琢磨刚才那个戴佐罗面具的男生到底是谁。她抬头看过去,诧异地发现站在原地的那个男生竟然是陈昭。

"刚才和我跳舞的……是陈昭?"亦柔无法置信地问自己此刻的舞伴。他不是"鲶鱼"吗?"他怎么跳得那么好?"亦柔不知不觉说出口。

"不,你弄错了。"男生睁着眼睛说瞎话,听到亦柔夸奖陈昭令他很不以为然,"是另外一个别班的男生。"

是呀,怎么可能呢?那样一个皮肤黝黑甚至连普通话都说不好的人,显然出自比较普通的家庭,他怎么可能在这种令她都觉得气怯的场合表现得游刃有余、风度翩翩呢?一定是她弄错了。

亦柔把目光从陈昭身上挪开。陈昭慢慢攥紧了一直抓在手心里的佐罗面具。

因为苏雪很害怕的样子,金宝宝主动提议陪她先回家,何菇和九桑也附和,金宝宝的保姆秦阿姨一直等候在校外,她提议顺道一并送何菇和九桑,但何菇和九桑都婉言谢绝了,因为时间还不晚,地铁和公交都很好坐。

车驶到苏雪家楼下,金宝宝和苏雪在苏雪家楼下道别,金宝宝正要问要不要送她上楼的时候,苏雪妈妈拢了拢披肩走上前,有点儿不敢相信地揽着苏雪的肩膀问:"宝贝你怎么回来了?妈妈正准备去接你呢。"

向金宝宝和秦阿姨道了谢,苏雪跟着妈妈走进电梯。

"怎么还戴着面具,不闷吗?"

第四章
假面舞会

"同学送的，我很喜欢所以不想摘下来。"苏雪不得不撒谎，声音小小的。

一回到家苏雪就躲进了自己的卧室，洗完澡之后她仍旧觉得很委屈。

她是大家庭里唯一一个小辈，从小备受呵护，完全是按照"捧在手心怕摔了含在嘴里怕化了"这种路线被宠大的。在学校里，因为长相甜美性格温和，老师和同学也都很喜欢她。但刘震的所作所为却让苏雪生平第一次尝到了被欺负的滋味。

如果说开学那天揪着她的后衣领把她拎起来时刘震并没有恶意，只是没搞清楚她的身份，那么今晚刘震把她比成宠物猫还拒绝和她跳舞，就是赤裸裸的羞辱了。苏雪不认为刘震是在开玩笑，哪有人这么开玩笑的？他又不是笨蛋。刘震恰好是笨蛋的反义词啊。

苏雪想不出来她到底什么时候得罪过刘震，难道是因为上次她提醒他在墙上爬来爬去很危险？可是，她那样说完全是出自一片好心啊。苏雪越想越觉得委屈，微红的眼睛里又开始闪过泪影。

洗澡前她终于肯把面具摘了下来，原本被染湿的面具内层的绸缎衬里已经差不多干了，苏雪在灯光的映照下看清面具里外接缝的地方细密紧致的针脚，想起刘震说这个面具是他自己做的。她不由得脑补了一下巨人般的刘震拈着穿好线的绣花针的样子，猝不及防被这个画面逗乐，"扑哧"一声笑了出来。

"伊犁鼠兔。"苏雪并不是很确定这四个字到底是哪几个字，输入了拼音，电脑页面上出现推荐的图片，是一个脑袋圆圆耳朵圆圆，浑身毛茸茸类似于几个月大的小树袋熊般小巧的动物，攀在山壁间好奇地向外张望。黑漆漆圆溜溜的眼睛里，全是不谙世事的天真。

这种软萌软萌很好捏的傻样子，看上去……确实和她有几分神似？苏雪拿过梳妆台上的小圆镜，然后慢慢戴上面具，面具几乎完全遮住她的脸，只留小荷尖尖的下巴露在外边，苏雪看看镜子里的自己，再看看电脑上的图片，再看看自己，再看看图片，重复多次，然后不得不承认，戴上面具的她，简直就是一只伊犁鼠兔精！像到不能更像了。刘震的手真是非比寻常的巧。

苏雪摘下面具，忽然间又意识到另外一件事，她的脸非常小，一般面膜罩在她脸上都能大出整整一圈，今天她在礼堂花门前领的均码蝴蝶面具也是因为太大而空荡荡地悬挂在她的脸上，很不协调，但这个刘震手制的面具，却完全贴合她的脸，增一分嫌长，减一分嫌短，就好像他拿尺子量过她的脸似的。

苏雪陷入了漫长的沉思，时间在不知不觉中飞快流逝，等苏雪感觉到自己脸颊热得发烫，越来越烫，抬头看向圆镜时才察觉她竟然涨红了脸，而且是蒸熟的虾子那种红法，整张脸上就没一处得以幸免，就像小时候小姨带她去西藏，高估了她皮肤的耐晒程度，给她涂了大人用的防晒霜，然后不出两个小时她就换了一颗藏族小姑娘的头，脸晒成砖红色不

第四章
假面舞会

说,连头发都蓬蓬地竖起来,那样子看起来十分滑稽。

小姨吓坏了,灭火似的不停往她脸上拍水,嘴里念叨:"完蛋了,你妈得杀了我,你妈得杀了我!"

小姨此刻在南美探寻玛雅人的遗迹,如果她在家就好了,苏雪和小姨一向无话不谈,她可以放心大胆地问小姨刘震到底为什么老是针对她。当然小姨在回答她这个问题之前,很可能捋起袖子先把刘震揍上一顿。

苏雪将圆镜倒扣在桌面上,拿起刘震为她量身定制的面具,很快放弃了把它丢掉的打算,打开书桌最下层的抽屉,将面具轻轻放了进去。

熙城的富人聚集在城南,而城北大多是普通家庭。亦柔家就位于城北,一个普通的居民小区,三室的公寓,装修得温馨朴实。楼下有小小的石砌花台、木制凉亭、花园小径,还有简易的户外健身器械。月色静静洒落,如银色的轻纱笼罩一切。

亦柔爸爸坐在客厅沙发上,皱眉看着刚刚收到的信用卡对账单,上个月有一笔超过三千元的消费,亦柔说请同学吃甜品,还有一笔两千元的网购消费,是买了一套载厚中学的夏季校服,因为开学时亦柔没能及时收到学校寄发的新校服,又不愿被人当作"异类"对待,所以高价买了一套二手制服。而这个月的账单恐怕会更惊人,因为亦柔需要一条参加迎新舞会的裙子。

家里的收入比上不足比下有余,亦柔妈妈是一家五星酒

店的西餐厨师长，收入几乎是亦柔爸爸的两倍，但也忙碌得像陀螺一样，工作压力巨大，所以家里的事一般都是亦柔爸爸在照管，包括全部家务和对女儿的教育。

亦柔是个非常省心的孩子，从小就优秀非常，一直是倪氏夫妇最大的骄傲，两人为了培养女儿也是不遗余力，早年房价还没飙升时，他们在地段极好的老城区买过一套用来投资的房子，就是专门为亦柔以后出国留学准备的教育基金。只要在他们能力许可范围之内，他们就愿意供给女儿所需的一切。但是……亦柔爸爸看着眼前的账单，这个实在有点儿太超了。

因为亦柔不愿父亲去学校接她，所以打了车回来。客厅里洞开的窗户飘进楼下车门开合的声音，过了没一会儿，亦柔打开大门，换好鞋走进客厅。

"回来啦？"爸爸微笑着。

"嗯。"亦柔一眼扫到父亲身前茶几上放的信用卡对账单，她的表情立即变得窘迫和愧疚起来，"上个月我是不是花了很多钱？"

女儿自责的样子，让爸爸早已准备好的一番说教哽在喉咙里。亦柔从来都是懂事的小孩，她也解释过她请客和买二手校服的原因是不想让班上那些有钱孩子看不起她。虚荣当然是不对的，但害怕被排斥的心情，他作为父亲怎么可能不理解？

"我马上就把这条裙子挂网上卖掉。"亦柔低下头，垂在美丽裙摆旁的手慢慢捏紧。

第四章
假面舞会

亦柔爸爸看了看精心打扮后像小仙女一样美丽的女儿,心里有些不忍:"不用。"他笑呵呵地折起账单,"留着。以后大了翻出来看看,多有意义。"

"可是……"

"没事。"亦柔爸爸站起来走到亦柔身旁,轻轻拍拍她的脑袋,"很晚了,早点儿休息吧。"

因为在迎新舞会上大出风头而志得意满的亦柔,心情一落千丈。如果爸爸指责她的话,她说不定还会觉得好过些。

亦柔沮丧地回到卧室,小心脱下礼服裙,认真检查了一遍是否有破损或钩扯,虽然爸爸说可以留下来当作纪念品,但亦柔还是决定干洗之后立即拍照传上网卖掉。

迄今为止,在学校里没有任何人轻视亦柔,因为她假装自己并不是 cat fish,她滴水不漏地把自己伪装成了另外一个人。她原本该和何菇一样的。

亦柔留意到何菇并没出现在今天的迎新舞会上,正如上次的甜品店聚会她也没有出现一样。虽然这种孤立的处境有点儿可怜,但何菇保持了诚实。

其实,撒谎最难的部分并不在于能不能骗到别人,而在于能不能过了自己这一关。亦柔张开双手紧紧捂住面孔。

一个谎言需要一万个谎言去圆,就算她现在愿意说出自己也是 cat fish 之一,赢得的也不会是原谅,而是更猛烈的嘲笑吧?

父母都是工薪层,她并不想因为假装自己是白富美给他们带去那么大的经济压力,可是,事到如今,她还能如何?

泪水溢出指缝，亦柔用力咽下哭泣的声音。不能服输又不能坦白，接下去她好像只有一路错到底了。

何菇收拾完毕准备睡下之前，手机忽然响了。因为是陌生的号码，何菇犹豫了一下才接听。

"何菇，我是夏瞳。"

何菇手一滑，手机差点儿摔出去："你怎么知道我的手机号？"

"开学前班长不就在班级群里登记过所有人的联系方式吗？"夏瞳反问，"啊，你没有保存我的号码？"

夏瞳故作伤心的声音，令何菇无言以对。她没事存一个男生的号码干什么？

"我还是想和你聊聊我那部电影短片的事，我真的找不到比你更合适的女主角了，你听我说啊……"

"很晚了，改天再说。"何菇见已经躺下的妈妈翻身坐了起来，赶紧挂断了电话。

"怎么听着是个男孩子的声音？"妈妈问。

"嗯，这个女生就是嗓子粗。"何菇硬着头皮撒谎。

"呵呵。"妈妈翻了个白眼，不过也没再追问下去，"赶紧睡吧，明天还要早起。"

何菇熄掉床头灯，她听见妈妈那边很快传来细微的鼾声，她却翻来覆去毫无睡意。

想着手机还有一些免费的流量，何菇将毯子蒙在头上，悄悄地再次打开手机，想着要不要登录她的个人博客。虽然亦柔和那些女生关于孔庙游记的谈话让何菇一想起来就硌

第四章
假面舞会

硬，但急于倾诉的心情还是令何菇点开了登录页面，出乎她意料的是，在登录成功后她竟收到了一条新留言。

留言？这可真是破天荒头一遭。何菇犹豫了一下，这才点开留言。

首先接近整屏的留言长度就吓了她一跳，当她看到第一句"我从未读过如此可爱、如此有趣的游记"时更是立即羞红了脸。

给她留言的这个自称"夏天童年"的陌生人，除了猛赞了一通她的文笔，还表示有意请她写一个电影短片的剧本，希望能得到她的回复。

又是电影短片？何菇的脑袋短路了一下。不会吧，这个夏天童年难道就是夏瞳？这……何菇的脑中突然一片空白，然后在苍白若雪的白屏中慢慢慢慢浮现出两个巨大的黑体字：孽缘！

回过神来的何菇第一时间关掉手机，并将它塞在枕头下，似乎这样就能切断她和夏瞳之间诡异的缘分之线。

很显然，夏瞳并不知道写这些环游世界的游记的人就是她，这是唯一让何菇觉得庆幸的地方。不然的话，夏瞳得笑死吧？全校最贫穷的女生，却幻想自己能悠游地在世界各地旅行，简直是脑子有病啊！

何菇越想越觉得难为情，把手机塞进床垫下，然后拎起枕头用力盖在自己脑袋上。

怎么办？怎么办？怎么办？怎么办？怎么办？怎么办？……

　　第二天何菇起晚了，匆匆忙忙洗漱完，坐下吃妈妈准备好的早餐。

　　"你昨晚怎么了？一直喊'怎么办怎么办'，你妈我直接给你吓醒了。"妈妈皱着眉抱怨，"后来我只好答了句'凉拌'！你这才消停了。"

　　何菇一口豆浆还没咽下，"扑哧"一声全部喷了出来。

第五章
天台秘密站

　　天台上,一只红色的纸飞机忽然被金宝宝掷出,飘飘荡荡地向楼下飞去。金宝宝拉出标准的自拍距离和角度,一边哭一边连按拍摄键,"咔嚓咔嚓咔嚓",忧伤系的自拍完成了。收起手机的时候,金宝宝才发现何菇不知什么时候站在了她身旁,无奈地望着她笑。

　　因为校运会安排在国庆假期后的第一个周末举行,所以今天的体育课结束后,老师统计了一下参加各项目的同学的名单。刘震当然是重点征询对象。

　　"老师你来安排,哪项没人报就让我顶上呗。"

　　这么霸气侧漏的话,听得体育老师一怔,笑道:"好,很好。"他很喜欢刘震,故意涮他,"女生项目也行对吧?"

　　刘震无语。

　　夏瞳在一旁恪尽损友的职守,哈哈大笑了起来,在他的带动下,周围的人都哈哈笑了起来。

　　刘震恼火地冲围着他狂笑的人喊起来:"我装女生有人会信吗?"

　　"我信啊。"夏瞳答得飞快。

　　在他的带动下,大家纷纷说:"信啊信啊,肯定特别像。"

　　刘震气得向夏瞳挥挥拳头,率先离开了体育馆。因为今天天气阴沉沉的,像是随时会下雨,所以所有班级的体育课都安排在室内的场馆,高一(1)班的女生做垫上运动,男生打篮球。因为同一时间拥出来,人群堆叠在体育馆大门处。

　　"你去找辰荑老师做心理咨询了?"有人说。

　　"是啊。"

第五章
天台秘密站

"你有个什么心理问题?"

"我爆痘啊!"

"……"

"痘多了自然就自卑了。"

"那辰老师怎么给你治的?"

"她说治痘她并不会,但因为爆痘而引起的情绪波动,症结在哪儿她知道。就是对自我的认知和对自我的期许之间产生了偏差。"

两个男生一问一答声音都很大,又事关辰荑这个全校热度最高的老师,所以很多人都在侧耳倾听。有人还加入谈话。

"真的什么问题都可以去找辰老师啊?"

"当然。哪怕你说你是猫奴想去玩猫呢。"

"心理咨询室真的有很多猫咪啊?"

"是!可以媲美猫咪咖啡馆,除了红茶和小点心,都是免费的,这点比猫咪咖啡馆还要赞!哈哈哈哈。"

"辰老师近看是不是更漂亮?"

"我们这位辰老师可不是仅仅漂亮这么简单。"有位显然是从初中部直升上来的学生说,"去年有几个家长吃饱了撑的,因为她们几个经常去的健身馆装修,她们实在闲得没事做,就约好了在学校大门口抓迟到的老师,个个开着宝马奔驰,堵了两天终于在上课时间过去几分钟之后,逮到了一个骑电动车的实习老师,然后就跑去找校领导闹,非要处分这个年轻老师。校方解释老师那天身体不舒服,但她们根本不听,校方也不肯让步,闹得很僵。这个妈妈团一不做二不休,

决定把组车队逮迟到老师当作一个娱乐项目固定下来,就天天组车队在学校门口蹲点。于是,辰老师就出马了。"

"她难道是给这群妈妈做了免费的心理辅导?"

"她才没那个闲工夫呢。她是特意在某一天上课时间过去半个小时之后,开着一辆大红色保时捷918姗姗来迟。"

"辰老师不是骑自行车上班的吗?"

"那是她跟朋友借的。"人群中不知谁说了一句。

"她就坐在保时捷里和那个妈妈团开始谈判。大概意思就是,我确实是迟到了,你们去举报吧,让学校罚我钱甚至开除我,你们试试。以权势金钱欺压一个比你更有文化素养的人,就不叫'自得其乐'了,这叫'自取其辱'。你们以为能把自家小孩送到这个学校就代表你们特别成功?你们确定你们真的知道这个学校招收的老师都是什么背景?"

"然后呢?"

"那个妈妈团就老实啦,然后再也没出现。"

混在人群中的夏瞳听到这里止不住微笑。这确实是辰薨的"壮举"之一。而她和那个飞扬跋扈的妈妈团过招的全过程之所以能流传出来,全是他的功劳。

"咱们学校老师都是什么背景啊?"有个学生好奇地问。

夏瞳低低笑了一声,当时他听姐姐转述这件事时也傻乎乎问过这个问题,结果辰薨说:"师范院校毕业的背景啊,还能有什么背景?那些人会想歪,是因为她们的心思本来就是歪的。"

"辰老师真是太帅了!"

第五章
天台秘密站

"那腿长,简直就是维多利亚的秘密的模特啊。"

"好看什么啊,你们没事盯着老师身材看想干什么?恶心不恶心!"夏瞳忽然发怒。

说话的同学不以为然地对夏瞳翻了翻白眼,那么显而易见的优点,夸一夸不行啊?

"看什么看?"夏瞳袖子一捋。刘震赶紧上前将他拉住。

何菇、金宝宝、苏雪都以为刘震是要制止夏瞳,结果他将夏瞳往身后一拦,挺了挺异常宽厚结实的胸膛:"这种事就交给我来处理就好了。"

几个男生立即作鸟兽散。

跟在人群后的何菇皱皱眉,苏雪则露出害怕的表情,只有金宝宝凑到刘震跟前,好奇地问:"你很能打吗?"

"那当然,我练了好几年拳击。教练可是得过全国冠军的。"刘震看看金宝宝,忍不住跟她开起玩笑,"一节课四百块哦。"

金宝宝眼睛一亮:"果然是金牌教练,他收女生吗?"

刘震哈哈笑了起来:"收的。不过训练过程很凶残,不会因为是女生就有优待。"

金宝宝挑挑眉露出思索的表情,似乎在权衡利弊。

"你也想学吗?"刘震见苏雪矮坨坨一小团,陷在人堆里大眼睛忽闪忽闪地一直在偷偷看他,故意问。

苏雪涨红脸,猛摇头。刘震实在让她心情复杂,一方面她特别佩服他的无所不能,学习好运动好,手工活竟然也好,拈得了针又打得了拳,简直是奇迹,但另一方面,苏雪仍在

记恨迎新舞会上发生的事。

"嗯。"刘震向苏雪点点头,"我也觉得你不适合学拳击。怎么看都是个小不点儿,拳击手都不忍心下手打的那种。"

苏雪扁扁嘴。

夏瞳一巴掌捶在刘震背后,低喝:"又欺负女生?你还要不要脸?"

金宝宝则伸手圈住苏雪,大声向刘震斥道:"你为什么对苏雪总是这么刻薄?她欠你钱啦?"

刘震"喊"了一声。

"好啦,苏雪我们走。刘震大概最近在换牙,嘴巴才那么毒!"金宝宝拉着苏雪一边走一边说。

"欸?你说什么?"刘震气得鼻子都快歪了,要不是被夏瞳死死拉住,他真要追上去向金宝宝好好展示一下他满嘴洁白坚固的大白牙。

何菇也在一旁听得直乐,这个金宝宝的损人能力真是非比寻常。因为体育馆的人差不多都走光了,夏瞳一眼就看到了跟在他后边的何菇。

"哎呀,何菇!"

何菇抬头,发现夏瞳正热切地看着她。"怎……怎么了?"她问道。

"你笑起来可真好看。"夏瞳一边说一边举起双手比画了一个方框,把何菇的脸框在中间,又赞叹了一句,"完美!"何菇尴尬得恨不得挖个地洞钻进去。

有仇不报非君子的刘震,立即不失时机地一巴掌拍在夏瞳的背后,原话奉还:"又欺负女生?你还要不要脸?"

何菇去年在学业压力最重的时候注册了一个博客,一鳞半爪地记录她在世界各地周游的经历,当然,都是她想象出来的。她还杜撰了自己的身份,父亲是飞行员,母亲是时尚杂志主编。她还将这个博客命名为"小公主在路上",绝对是名副其实的虚伪,何菇自己裁定。她简直不敢想象假若被人踢爆这个博客里的一切内容实际上都是她编造的,她会遭到多么猛烈的群嘲。

可是,这个博客持续已有一年多的时间,对何菇来说这就是她的梦游仙境。每次撰写那些完全臆想出的旅行经历时,何菇都下笔如有神,文字大段大段涌出,她对美好生活的向往如飓风般在心中推波助澜。写下那些游记时,她觉得她好像真的实地游历了那些地方。

蓝天、大海、沙漠、雪山、极光、幽邃的森林、恢宏的古堡……她幻想着她如何在锡兰喝当地的红茶,如何在呼伦贝尔大草原看牧民放羊,如何在尼泊尔见识到当地的圣女库玛丽的美丽,如何在盛夏感受世界上最大的赌城拉斯维加斯的热力四射和光怪陆离,如何乘坐透明的观光列车穿越恢宏壮丽的阿拉斯加,如何去普罗旺斯看灿烂倾城的薰衣草和向日葵的花田……

那种神游八荒六合,犹若腾云驾雾般的快乐,令更新这个博客成为这一年多来何菇最为开心的一件事。

因为害怕被疑似是夏瞳的"夏天童年"发现她就是"小

公主在路上"的本尊,何菇不得不停止更新博客。但不出几天,何菇就受不了了,被一种既憋屈又空虚的感觉深深困扰着。

被迫中断了天马行空的想象和酣畅淋漓的抒发动作,就像唯一的快乐和自由被剥夺了,何菇觉得自己精神上似乎失衡了。

过去的学校虽然也有心理咨询室,但基本形同虚设,心理咨询老师一向被何菇视为"可远观不可亵玩"的存在,怎么都觉得有点儿怕怕的,不敢靠近半步。但辰老师……似乎很不同。

载厚中学的心理咨询室别出心裁地设立在教学楼的天台上。全景玻璃阳光房,此刻三面墙的木制百叶窗都半放了下来,只有向南这面毫无遮挡,远远就能看见咨询室内草木扶疏,鲜花似锦,还有蜷在暖和的地方懒洋洋地晒着太阳的猫咪们。

辰羮的心理咨询实行预约制,除非有特别紧急的情况。何菇昨天抱着试试看的心情,在校方提供的平台上预约了下午五点的时间,辰老师的日程排得很满,何菇听说能拿到次日预约的很少,一般都要延迟到三四天之后,但没想到今天早上就收到了确认短信。

收到短信后,何菇愣了一会儿才想明白她能这么顺利预约上,是因为下午五点除了是放学的时间,也是非坐班老师离校、坐班老师准备去吃晚餐的时间,没有别的学生会像她这么没眼色特意预约这种时间的。

何菇想明白后很愧疚,但已经约定的时间再次更改恐怕

第五章
天台秘密站

会给辰老师带来更多的麻烦。何菇站在心理咨询室门口,犹豫了好一会儿才鼓足勇气按响门铃。

金属门立即从里面自动打开了。室内传来辰荑干脆利落的声音:"何菇对吗?进来进来。"何菇跨进门,左右环顾了一下没看到辰老师的身影。

"我在这里。"

何菇循声走过去,一路上和好几只猫咪擦腿而过。终于,她看到了蹲在屋子角落的辰荑。

辰荑的装扮知性素净,牛仔裤运动鞋,深色棉背心外披着一件海军风格的针织外套,头发半松半绾,在脑后随意绾了一个发髻。

"啊!"何菇在看清辰荑掌心里托举的小毛球是什么后,低低惊呼了一声。

"刚捡到的。"辰荑轻声说,同时将手里的比半截铅笔还小一圈的宠物奶瓶放下。"刚睁眼,最多十天大。"

何菇顺着辰荑的指示,看清她脚下放了一只瓦楞纸箱,箱子里铺着柔软的法兰绒毯子,颜色各异的几只小猫挨挨挤挤地睡在一块儿,就像几只掉落的毛线团似的。

辰荑手里这只是浑身浅橘色的,刚刚吃饱就开始迷瞪了,如同覆盖了一层蓝色水膜的眼睛时开时闭。

"可爱吧?"

何菇猛点头。

"要摸摸它的肉垫吗?猫咪的肉垫这时候最好摸了。"辰荑以一种过来人的姿态向何菇传递着她的经验。

何菇屏息静气，很轻很轻地捏了一下辰羮送到她手里的小奶猫的一只前掌。

感觉像和小奶猫握了手一样，何菇忍不住傻笑起来。

辰羮将小奶猫托在掌心轻轻拍抚，何菇四下看看，这才发现纸箱旁边摆了一溜儿看上去非常高档的宠物笼子，她想起提交预约申请时，有一个选项：是否对猫咪过敏或是害怕猫咪。如果勾填了这个选项，学生来做心理咨询时，辰老师应该就会暂时委屈猫咪们，把它们请进笼子里。

辰羮小心翼翼将奶猫放回纸箱，让它和自己的兄弟姐妹抱团取暖睡觉觉。"我们去那边。"何菇跟着辰羮来到了办公区域。

两张相对摆放的太空舱沙发。辰羮大大咧咧往其中铺了半旧盖毯的一张上一坐，指指另外一张示意何菇也坐下。何菇恭敬地落座，屁股瞬间被绝佳的触感征服，整个身体不由自主地向后倒了倒，何菇赶紧恢复正襟危坐的姿态。

"舒服吧？我这里最贵的就是这两张椅子。找专人手工定制的。预算申报了好几回才给我批了。"辰羮用闲话家常的口吻向何菇介绍。

虽然辰老师漂亮得让人望而生畏，但真的接触起来却特别接地气，何菇不知不觉间已经对她产生了几分信任。

"想喝红茶吗？今天现烤的黄油饼干已经被先前那个小胖子吃光了。"

何菇赶紧摇头，表示自己一点儿都不渴。

"你喜欢猫咪吗？"辰羮又问。

第五章 天台秘密站

何菇还来不及回答,一只猫咪踩着轻捷的步伐,尾巴轻晃着走到何菇腿旁。

"这是三花?"

浑身黑黑黄黄,一点儿都不好看的半大猫咪,性格却很是活泼亲人,它抬起头打招呼似的轻轻向她喵呜叫着。何菇看着猫咪向上仰视的蓝色眼睛,觉得那就像浸在清澈水中的两枚绿色宝石。

"这是玳瑁。"辰荑解释说,"三花是白底上有黄棕两色的小色块,玳瑁则是黄色棕色大片色块的连缀,几乎盖满猫咪的全身。有很多人嫌弃玳瑁丑,觉得这毛色像被炉火烤焦了一样。"辰荑说着起身,将贴在何菇腿边绕着圈喵喵轻唤的玳瑁抱了起来,一边给它顺毛一边又说,"但是玳瑁一般都很温驯,而且按照古代的说法,这种猫叫'滚地锦',是最招财的。"

何菇想了想,说:"是因为这种猫看上去不太讨人喜欢,所以才故意说它最招财的吧?这样才不会被嫌弃。我觉得最早说出这个说法的人,一定很善良。"

辰荑笑眯眯看着何菇:"你可真聪明。"辰荑真心实意地夸奖道,"你想抱抱它吗?我觉得向日葵很喜欢你。"

"向日葵?"

辰荑将向日葵放下,果然它立即又跑到何菇脚边,半扬起身子,用两只前爪轻轻拍拍她的小腿。何菇喜之不尽,立即将它抱进怀里。向日葵就像一个吸饱了阳光的小抱枕,又软又暖,乖乖躺在她腿上,何菇兴高采烈地撸了一会儿,忽

然想起自己今天并不是来玩猫的。

"没关系。想说的时候再说。"辰荑在一旁体谅地说,"不想说也没关系。"

"辰老师,我觉得我……我可能有撒谎癖。"原以为很难启齿的话,只是结巴了一下就顺利吐露了出来。何菇小心翼翼地看着辰荑。

辰荑直视何菇的眼睛:"是吗?你都对谁说谎了?"

辰荑并没有掩饰自己的笑意,但何菇一点儿都不觉得自己是被嘲弄了,辰荑的笑容让她想起自己小时候做错事妈妈笑着说她是小笨蛋的样子。

"嗯,并不是特定的某一个人。"

辰荑并不催促,静静地等待何菇继续说下去。

"我会在网上写一些东西,游记之类的,但其实我从来没有去过那些地方,却假装自己好像周游过世界了。"

辰荑笑了笑:"文学是允许虚构的,更加欢迎想象力。"

"文学?"

"一个小姑娘通过自己的想象力将从没去过的地方用文字描述出来,这怎么可能不是文学?"辰荑像是漫不经心给出的答案,却震惊了何菇。明明是她胡编乱造写的东西,怎么可能是文学呢?这真的也可以算作文学吗?

"可是……我写得并不好。"

"我才不信呢。"辰荑诙谐地笑道,冲何菇挤挤眼睛,"老师看得到你的入学申请资料,你被录取很大一部分原因就是,"辰荑停下来伸出食指轻敲额角,"我想想校长亲手写下的特别录取理由的原话是什么来着，嗯，"辰冀打了个响指，"难得一见的艺术天赋。"

何菇的脸涨得更红了，在申请载厚中学的奖学金时，何菇曾寄去过几张她自己的画。

"那些画其实我也不过是利用名画进行再创作，说得不好听点儿，这也算某种过度借鉴吧？"何菇立即解释。

"不，你没有过度借鉴。你只是利用大师的画作为素材完成了自己的作品。就像那些画山画水画夕阳的人，如果按照你的说法，难道他们是过度借鉴了大自然的造物？天地间一花一草的原创者都是自然之母，对不？"

"可是……"

"你不要以为保持过度谦逊的态度，别人就会善待你。你这样自我抹黑，只会让正派的人觉得你太懦弱，不正派的人觉得你软弱可欺。"辰冀忽然坐直身子，正色说道。

何菇震惊得说不出话来，方才辰老师那番话，在何菇听来真是振聋发聩。向日葵感觉到何菇情绪的剧烈变化，"喵呜"一声从她膝上跳开了。

"何菇，'自卑'的反义词是什么？"

何菇定定神，努力不挪开视线回避辰冀严肃的凝视回答她："自信。"

"对，自信是自卑的反义词。可是你明白自信对一个人的精神意味着什么？那是脊梁。"

何菇呆呆的，像是一下子无法全部领会辰冀的意思。

"何菇，如果你觉得可以，能给我看看你写的那些文章

吗?当然这只是一个提议,你有权拒绝。"从心理分析的角度,患者所写的书面文字是第一手的分析材料,相当有价值。当然何菇不能算是患者,她只是个有些迷茫的孩子。

"当……当然可以。"何菇犹豫了一下。

"不需要勉强,在这里,我们是平等的。我无权命令你做什么,你也不需要违心地服从我。"辰荑的声音既温和又有力。

"可以。"何菇肯定地点头。因为之前听说的那些关于辰老师的"行侠仗义"的事迹,还有此刻她平易近人又自信满满的态度,何菇心中仅有的一点儿戒心都已烟消云散。

"在我这里,你的所有秘密都是安全的。老师会比树洞还能保守秘密。"辰荑俏皮地冲何菇挤挤眼睛,接过了她递过来的智能手机。

手机上显示着一个博客页面。

"我看了哦?"辰荑又向何菇最后确认了一次。

何菇肯定地点头。

说心里不忐忑肯定是骗人的,何菇的目光一直追逐着辰荑时而在手机屏幕上滑动的手指,猜测着她看到哪儿了?她是不是会笑话她文笔幼稚?会不会嫌弃她过于虚荣?

辰荑确实一边读一边时不时笑出来,但那是会心的微笑。

"如果你不事先告诉我,我真以为你是实地去过那些地方。"辰荑将手机交还给何菇。何菇仔细辨认辰老师脸上的表情,想确认她是不是在说场面话。

"还有如果不是事先知道这是你写的,我会推测这个博

第五章 天台秘密站

主是个精力十足、好奇心旺盛、开朗又快乐的小姑娘。"辰羹直视着何菇的眼睛,"这和你日常表现出来的样子可是截然不同。"

"我……我并不是在装。"何菇小声且急切地解释。

"老师并没有说你装啊。"辰羹笑着摇摇头,"总是归咎于自己,是怕不够谦虚就会有什么人突然跳出来打你吗?"

何菇沉默了。

"永远不要以自己的想象力为耻。来,抢答题,'知识是有限的而想象力是无限的'这句名言是谁说的?"

"爱因斯坦?"

"果然知识渊博。"辰羹故意用夸张的语气夸赞,接着又正色道,"何菇,如果你今天来咨询,是想得到一个确切的答案,你是不是有撒谎癖,老师可以非常肯定地告诉你,你没有。"

"但……如果有人看了我的博客然后认为我在骗人呢?"

"那你就反问他们啊,在虚构的文字作品里寻找真相,你们是有病吗?"

这话有点儿强词夺理,但何菇还是听得笑出来。

"愿意看到你的优点的人总会欣赏你,而执意在你身上挑刺的人,不管你做什么,在他们看来都是错的。"辰羹第二次向何菇强调,"青春是很残酷的,也是一个人确立自我的关键时期,一味想着要讨好别人避免冲突,等你长大了说不定就成了一个怯懦的老好人,甚至一事无成。所以,勇敢点儿,做你想做的。"其实从何菇一走进心理咨询室,辰羹

就从她畏首畏尾的态度中看出她大改是个极端缺乏自信的女孩子。

何菇找不到任何语言形容她心中对辰荑的感激,从来没人这样语重心长地告诉她这么多做人的道理。

"别担心了。"辰荑微笑道,"老师期待着在'小公主在路上'博客里看到更多的游记呢。"

何菇看了看墙上的挂钟,正准备站起来道谢告辞时,一只雪白的小猫晃悠着走到何菇脚边。

虽然小猫还很小,比何菇的脚还小一点点,但已经看得出毛量极丰厚。

"这是我上回捡的流浪猫。有高地血统,都长得特别好看,也不知丢它们的人怎么想的。其他几只都被人领养了,这只最好看,我就留下了。"

小猫咪都亲人,何菇弯腰摸了摸它的脑袋,它马上揪着何菇的裤腿,笨拙但无畏地爬到了她的膝盖上。

"太可爱了,有点儿像我们班的苏雪。"

辰荑哈哈笑出声。

因为怕耽误辰老师吃晚饭,虽然不舍但何菇还是把和苏雪一样软萌软萌的小猫放了下来,起身告辞。辰荑起身将她送到门边。

"老师,树洞会长出树枝的哦。"离开前,何菇忍不住说。

辰荑愣了愣,爽朗地大笑起来:"哎呀,竟然被你挑出老师的错了!好,我来换个比喻,我会像瑞士银行的保险柜一样守口如瓶!"

第五章
天台秘密站

　　何菇被逗得"扑哧"笑起来。走进心理咨询室时阴霾密布的心情，此刻已是晴空万里。

　　目送何菇离开，辰薁将门关上，脚下传来"喵喵"两声，她一低头发现原来那只被何菇说长得像苏雪的小猫跟了过来，大约是想出去的，看着大门被关紧，它又轻轻"喵"了一声表达自己的失望。

　　"你还太小，不能出去野哦。"辰薁抱起小白猫，举高了打量着。这只小白猫长了一张特别甜美的小脸，粉粉的鼻尖和嘴唇，微缩的海洋一般的蓝眼睛，性格也是出奇地温顺，被辰薁托举在半空也没丝毫的不满，"果然是像苏雪啊。"

　　苏雪人长得小小的，像小孩子一样，心性也和小孩子一样，有些过于晚熟，显然是从小被家里人当心肝宝贝一直宠大的。

　　虽然开学没多久，但辰薁对这届新生的情况都有了大致的了解。当然这除了因为她认真阅读了每个学生的入学资料，更加归功于她总是像个怪阿姨一样暗中利用每一个机会观察他们。

　　比如金宝宝，辰薁认为她的性格直率明朗，本来该是很有人缘的，却因为价值观奇葩，很难融入群体。

　　再比如何菇，聪明、敏感，想象力和创造力都属一流，但过于自卑，太在乎外界对自身的评价。其实何菇和夏瞳的内心有些相似之处。

　　一想起自己那个不省心的弟弟，辰薁就不由得叹息一声。夏瞳看似骄狂，待人接物很强势，做事目标明确有冲劲，但

他的内心一样是自卑的。夏瞳至今都没能建立起正确的自我认知。

辰熹想起夏曦,想起父母,神色变得凝重起来。

何菇走出心理咨询室,心中块垒涤荡一空,终于有心情欣赏天台上的景色。

出于安全考虑,天台四周围上了半人高的白色雕花护栏。何菇突发奇想,学校将高中部心理咨询室设在天台上,是不是恰好从根源上杜绝了心理压力过大的学生想不开的可能性?上来准备干傻事——看见咨询室——忍不住进去闻闻花香摸摸小猫,再和漂亮得像明星似的老师唠两句嗑——嗯,不跳了,回家。

何菇的想象力随着她移动的视线而跃动,直到她看见有人坐在护栏旁。

何菇吓了一跳,定定神,发现那人竟然是金宝宝,她立即抢步上前,"金宝宝你干什么?"的质问刚要说出口时,一只红色的纸飞机忽然被金宝宝掷出,飘飘荡荡地向楼下飞去。飞机为什么是红色的呢?

看清这一幕的何菇堪堪止住了脚步,好气又好笑地看着金宝宝的背影。

"金宝宝,我们放学去吃DQ,你要一起来吗?"

"金宝宝,周末聚会你要参加吗?"

"金宝宝,太棒了今天实验课我们一组,我好高兴啊!"

金宝宝自言自语说了三句话,模仿了三种不同的腔调,何菇愣了片刻才反应过来,金宝宝在模仿班上同学的声音。

第五章 天台秘密站

"金宝宝，我觉得你好聪明好可爱人好好呢。"金宝宝又捏起嗓子猛夸自己。

何菇听得差点儿笑出声，这时金宝宝忽然换了一种腔调：

"笨蛋！别自以为是了！人人都讨厌你！你感觉不到吗？你是傻吗？"

何菇的笑容僵在脸上，心里变得沉甸甸的，她看见金宝宝举起手擦了擦眼角，显然是哭了。何菇正准备上前安慰金宝宝，却见她打开书包拿出了手机。欸？这种时候不是该拿面纸吗？

金宝宝拉出标准的自拍距离和角度，一边哭一边连按拍摄键，"咔嚓咔嚓咔嚓"，忧伤系的自拍完成了。收起手机的时候，金宝宝才发现何菇不知什么时候站在了她身旁，无奈地望着她笑。

"还不赶紧趁着热乎上传朋友圈？"何菇戏言。

"啊，我……"金宝宝结巴了一会儿，"何菇，你是不是不生我的气了？"

何菇笑道："我才懒得和你一般见识！"

一句话，冰释前嫌。金宝宝眼角还挂着没干的泪痕，但还是立即笑得见牙不见眼。

何菇其实早就在反省前几天她的反应太过孩子气，她明明很清楚金宝宝只是生气了口不择言。金宝宝根本不是那种会因为自己家境好就看不起人的肤浅女孩，但她非要和她怼个输赢。结果闹得……金宝宝竟然跑上天台来一边哭一边自拍？想到这里何菇不由得莞尔一笑。

"我知道我错了!"金宝宝急切地说。

"算了,一个巴掌拍不响。"何菇在金宝宝旁边坐下。

"不是的!"金宝宝执意要解释清楚,"我并非不知道夏老师、原老师说的都是对的,但就好像你没钱,明知道一样东西很好,却不够钱去买一样。"

这个比喻听得何菇有点儿尴尬。

"我也知道总是炫耀自己家里很有钱非常幼稚,可是我有什么办法?除了有钱这一条,我再也没有别的优点了。如果在被鄙视和被忽视之间只能选一个,那我宁可选被鄙视!"金宝宝越说越难过,眼眶都红了,"我当然明白老师说的是对的,要努力变成更好的人,但我却没办法依葫芦画瓢去做,不是我不想,而是我根本做不到!我……我就是这么差劲!"

金宝宝,这个在物质条件极其丰足的环境下长大的女孩,却因为父母"纯粹以人民币为养分海量灌溉"的奇葩教育方式,内心某处像是被肥料烧毁般枯萎了。

"不会的。"何菇急忙安慰道,"怎么会呢?"

金宝宝扁扁嘴:"你不会明白的。有时我真的觉得我已经是个废人了。"

何菇没忍住笑了出来。一边哭一边自拍这种事不废的人恐怕真干不出来。

金宝宝怨怒地剜了何菇一眼,自己跟她掏心掏肺,她怎么还笑自己?

"不会的。"何菇只好用力将笑容憋回去,再次强调,"我帮你。"脱口说出这句之后,何菇觉得自己似乎太自大了,

第五章
天台秘密站

赶紧又补充,"如果你信得过我的话。"

金宝宝用力抓住何菇的肩膀:"信得过!信得过!"

何菇被金宝宝摇得直晃悠,莫名觉得自己好像被金宝宝当作傀儡小人儿在上下摇动。

"你去我家玩吧?"

何菇愣了愣:"我没和我妈说……"

"那我去你家玩吧!"金宝宝立即调整主语和宾语。

"好……好啊。"何菇想不到拒绝的理由,除了担心金宝宝会被她家的平凡和普通吓到,"我妈妈开的那个理发店和你常去的那种美发沙龙完全是不一样的。至于我家……"何菇有些词穷。

"赶紧的,快走。"金宝宝根本没耐心听下去。

将咨询室打扫干净,正准备放下百叶窗的辰荑恰好看见金宝宝和何菇手挽手离开的背影,不由得一笑,虽然说起来她也不过二十啷当岁,可是感觉距离中学时代和好闺蜜形影不离的岁月已经很遥远很遥远了。

辰荑将猫食盆里都填好食物,然后在猫猫们进餐的时候打电话给夏瞳,交代她晚上不回家了,刚捡的奶猫夜里需要看护和喂奶,她这几晚都只能将就在学校过夜。不过体育馆里设备周全,她晚上还可以先去游个泳再去洗澡。

"我觉得我这个亲弟弟在你心里的排名恐怕在几百位之后。"夏瞳抱怨着。

"怎么可能在几百位之后?"辰荑有些心虚。

"你这么多年捡过的流浪小猫得有几百只了吧?"

"呃……"

"真是受不了。"夏瞳愤愤地挂断电话。

本来何菇还担心金宝宝会嫌弃她家过于寒碜，结果金宝宝的反应让她意识到她实在低估了这位大小姐脑回路的清奇程度。非但没有丝毫的看不起，金宝宝还对看到的一切表现出莫大的兴趣。尤其见到何菇妈妈的理发店之后，金宝宝大喝一声："哎呀，怎么像个玩具屋？"

小小的店面，分隔成前后两进，后进很小，摆放了洗衣机和烘干机，专门用来清洗客用的毛巾。前边只能摆得下四张理发椅，外加一个洗头台。

何菇妈妈特别勤快，所以店里收拾得特别干净。一般人绝对很难想象出何菇妈妈是如何把一间经常充斥着碎发的地方清理得一尘不染的。

金宝宝好奇地东看西看，见何菇正帮忙清理上个客人坐过的椅子，她也积极地要求帮忙，被何菇妈妈笑着制止了："小家伙，别添乱。何菇，带她去家里玩。"

何菇只好把金宝宝带到距离理发店不远的家里。

"宝宝，我家很小的。"推开门前，何菇再次给金宝宝打预防针。

"哇！"金宝宝吃惊地看着眼前这间还不及她卧室一半大的屋子。"这个也像玩具屋一样。咦，卫生间呢？"

"外面有个加盖的。"何菇窘迫地解释，向窗外指了指，那里贴墙搭了个小棚屋，里面有抽水马桶和简易的盥洗盆。

"何菇，你和你妈妈睡一起啊？"金宝宝发现屋子最里面靠着墙壁呈 L 形摆放的两张床。

"嗯。"何菇硬着头皮回答。

"哇!"金宝宝露出何菇没办法理解的羡慕表情,她盯着两张靠在一起的铁架床看了好久,这才恋恋不舍挪开视线,向何菇说,"好棒啊!"

哪里棒了?何菇没办法理解金宝宝的看法,但金宝宝丝毫没流露嫌弃的意思,这让何菇大大松了口气。

"什么东西这么香?"金宝宝的鼻尖动了动。

"我妈煮的杂豆稀饭吧?"何菇指了指摆在进门处的长条桌上的电饭锅。

"好香好香。"金宝宝一边说一边没出息地咽了咽口水。

何菇不由笑起来:"应该已经煮好了,你要尝尝吗?"

金宝宝猛点头。

何菇妈妈将店里收拾好,回到家中时就见金宝宝捧着碗低着头专心致志地舀着杂豆粥一口口吃着。

"哎呀,哪有请客人吃稀饭的?"何菇妈妈笑道。

"可好吃了!"金宝宝赞不绝口,眼见一碗见底,"能再给我盛点儿吗?"金宝宝将碗递给何菇。

"阿姨做几个菜吧?金宝宝啊,你都爱吃啥?"完全不知道要客气的金宝宝很对何菇妈妈的脾气。

"好吃的我都爱吃。阿姨你随便做点儿就行。"

何菇妈妈点头,打开摆在餐桌旁的小冰箱给金宝宝看:"其实我也就随便问问,冰箱里就这点儿菜,我只能用这些给你们做。"

"妈！"何菇在一旁急了。

妈妈也不理会，继续问金宝宝："黄瓜炒鸡蛋怎么样？再来个西红柿炒土豆片？还有木耳呢，我们用开水焯一下，凉拌着吃好不好？对了，这是阿姨自己腌的豇豆，配稀饭可好吃了。何菇，去买点儿卤菜。"

一顿家常便饭吃得金宝宝满头大汗意犹未尽。电饭锅里的杂豆粥已经盛光了，金宝宝眼巴巴地看着何菇的碗。

何菇只好说："这半碗我还没动过，你要不嫌……"

金宝宝二话不说，立即把何菇的半碗粥倒进自己的碗里。

"这下吃饱了没？"何菇妈妈在一旁望着金宝宝直笑。

"还没。"金宝宝丝毫没有身为客人的自觉，一点儿不见外地说。

何菇妈妈笑得不行："现在再煮也来不及了，这样吧，下次你来玩，阿姨给你专门煮一锅！"

"好！一言为定！"

金宝宝望望窗外已经暗下来的天色，忽然想起什么似的："糟了！"

"怎么了？"

"忘记和家里说我去同学家玩了。"

"什么？"何菇和妈妈都吃了一惊，"那现在赶紧打电话回去啊。"

金宝宝翻出调成免打扰模式的手机，发现有几十个未接电话，都是秦阿姨打来的，急忙拨回去："我忘记说啦。没事啊。现在在同学家呢。吃过晚饭啦。地址？"

何菇妈妈急忙凑过来说了地址。何菇陪着金宝宝一起站在街口等着秦阿姨的车。

"啊,对了,你等我下。"何菇忽然想起什么,转身跑回家,没一会儿又跑回来,将手里捏的东西塞给了金宝宝。金宝宝低头一看,一百块?中间撕裂的部分被何菇用透明胶带严丝合缝地粘好了。

"这是开学那天你给我的。"何菇说。

金宝宝脸上一红:"可是这是你掉的啊……"

"宝宝,你觉得我得多蠢才能相信这种鬼话啊?"何菇无奈道。

"那你……你当时为什么收下了呢?"金宝宝抬眼不解地望着何菇。

"因为我怕我坚决不要你会难过。"何菇还记得金宝宝当时脸上的表情,手上攥着准备白送的钱还生怕别人拒绝她,真是不能更惨了。

金宝宝看着何菇,眼睛忽然变得很亮,竟是泛起了泪光。

何菇有点儿尴尬,但更多的是被触动。"金宝宝,我说几句,你可别不爱听。"虽然之前她们已经因为观念不同而起过争执,但何菇还是想把内心真实的想法告诉她,"钱总归是钱,并不是废纸。即使你不缺,也不该把它们随便给人或丢掉。"

金宝宝点点头。

"喜欢你的人不会因为你有钱而变得更加喜欢你,讨厌你的人不会因为你有钱而停止讨厌你。"何菇说完才意识到

她说的正是辰老师今天告诉她的话。

本质上她和金宝宝是差不多的,甚至可以说,人和人本质上其实都差不多。希望自己快乐,希望得到别人的认可。

"家里太有钱,不是你的优点,但也不是你的缺点。"何菇诚挚地对金宝宝说,"你本身就很可爱啊,所以,做自己就好啦。"

金宝宝捏紧被叠成一个整齐的小方块的一百元钱,忽然说:"何菇,谢谢你。"

谢她?她把金宝宝给她的钱还给金宝宝,为什么金宝宝要谢她?想完这个问题,何菇一贯机敏的脑袋也差点儿发晕。

"谢谢你和我说大道理。"

要不是因为金宝宝的表情绝对诚恳,她真要以为金宝宝这么说是故意嘲讽她。

金宝宝拆开了那个小方块,何菇见她的手指灵巧地飞舞,没一会儿,一朵纸折的花出现在金宝宝手里。

"这回可以收下了吧?"金宝宝咧嘴笑起来,眼底的泪影已经消失了,取而代之的是开心的光芒,"这只是一朵花哦!很漂亮吧?"

何菇觉得自己彻底被打败了,土豪们的行事方式实在太神出鬼没了。她接过百元人民币折出来的玫瑰花:"天,你要是男的那我不得以身相许了?这可是我长这么大第一次收到花。"

金宝宝哈哈笑出声,她没料到何菇还有如此活泼的一面:"你要对我以身相许了,夏瞳得打死我吧?"

第五章 天台秘密站

何菇的脸一下涨得通红,幸好这时秦阿姨赶到了,她一脸的气急败坏,看到站在路口迎她的何菇,秦阿姨才勉强挤出笑脸打了招呼,然后用力将金宝宝往身边一扯,大声数落金宝宝这么大个人做事还这么不靠谱。何菇妈妈见秦阿姨到了,也从店里迎了出来,两位大人寒暄了几句。

"今天真是打搅你们了,很晚了,我先带她回去了。"

秦阿姨拎着金宝宝走向停在不远处的一辆雷克萨斯。

金宝宝父母给配这么高级的保姆车,倒不是为了炫富,而是因为这是女儿日常坐的车,安全性、舒适度那必须得是一流的。

"你同学家住的街道也太窄了吧,差点儿把我们的车划坏了。"秦阿姨忍不住抱怨。

因为何菇家不是很好找,附近也不好停车,只能将就着靠在路边,秦阿姨心里一路都憋着火。

"阿姨你说什么啊!"本来一直做低头认错状的金宝宝忽然怒了,"何菇是我的好朋友,她家住哪儿她也是我的好朋友!"

因为金宝宝的大嗓门,站在路边目送她离开的何菇听见了这句话,怔了怔,一股暖意缓缓地从心底升起。

"好,好。"秦阿姨张罗着让金宝宝上了车,冷着脸不再理她。

秦阿姨当年是给金宝宝的妈当月嫂,因为做事特别爽利和讲究,所以就被长期聘用为住家保姆照看金宝宝。那时就是八千元出头的月薪,之后年年给涨,各种节日还塞红包。

在薪酬方面，金宝宝的父母从来没有含糊过。毕竟是把亲生孩子交到她手上了，金宝宝的父母丝毫不敢怠慢秦阿姨，人前人后都对她十分客气。

秦阿姨是实在人，自然知恩图报。金宝宝长到这么大，衣食起居都是她一手操持的。小时候喂奶，大些时候喂糊糊，再大些就喂饭，一喂十来年。洗澡也是她帮着洗。要不是因为那段广为流传的喂饭视频，秦阿姨根本不觉得有什么不妥。在她看来，金宝宝还小呢。喂饭怎么了？那一口一口的荤素她给搭配得多好啊！在秦阿姨老家，像她这样的年纪，都能有个金宝宝这么大的孙女儿了。她宠着护着金宝宝碍着谁的事了吗？

但喂饭视频火爆流传开来后，连秦阿姨的儿子都看不下去向她抱怨："妈，你这不是祸害人家孩子吗？"

秦阿姨听得又愤怒又伤心。她怎么会祸害金宝宝呢？现在就算宝宝爸妈不开工资让她免费照顾金宝宝，她都是心甘情愿的。

"宝宝你说你怎么能这样？走开了也不和阿姨说一声，我找不到你，心脏病都要吓出来了！"秦阿姨将车开上大路后，忍不住又埋怨起来。

"我不是故意的。因为有同学请我去家里玩，我太高兴就什么都忘了。"金宝宝自知理亏，小声解释道。

秦阿姨叹了口气，金宝宝小时候很乖，这几年在父母面前越来越乖戾，但在她面前仍是很听话的，而且没因为长大懂事了，知道秦阿姨只是个保姆就和她生分了。金宝宝到现

第五章
天台秘密站

在和秦阿姨都亲得很,一个劲儿地喊她"秦秦阿姨"。

"我知道错啦,秦秦阿姨你别生气啦。"金宝宝从后边趴在驾驶座椅背上,把脑袋塞在秦阿姨肩窝里用力蹭着,"我下次再也不敢了。"

"好啦。"秦阿姨好气又好笑,"你给我乖乖坐好。安全带系好了。"

"秦秦阿姨,我那个同学叫何菇,成绩特别特别好。"为了能让秦阿姨尽快消气,金宝宝拼命吹嘘起何菇的优秀程度,"能拿奖学金哦,你想想看啊!"

秦阿姨点点头:"那你可得多和人家学学。"接着又说:"那个小何菇长得可真好,美人坯子。"

"是啊。"金宝宝言不由衷地应和,她并不觉得何菇长得有多好看,她觉得苏雪才是真漂亮,甜甜的像糖果一样。当然班上最无可挑剔的女生还是倪亦柔,从头美到脚,那种才能算作"美人坯子"吧。

"我们班好多好看的女生。"金宝宝闲扯道。

"我们宝宝也好看的。"

"那是当然的!"

到了周五下午,班上人心浮动,都盼着能早点儿放学,何菇却特别期待最后一节课。

原老师今天仍穿着宽松的长裙,樱草色的柔软面料上浮动着点点菊瓣,何菇觉得特别符合她人淡如菊的气质。

今天原老师除了教案,还提了两只看上去像是工具箱的

手提盒,原来今天是"艺术鉴赏和实践课"的实践部分,原老师要求每个学生都画一幅画,题材可以自由发挥,没有准备画具和画纸的同学可以到讲台上自取,说完她打开了两只手提盒,里面果然塞满了各种画笔、颜料和纸张。

"老师我不会自由发挥。"金宝宝昂着头说,"你不给我个东西照着,我就不会画呢。"她倒不是挑刺,她是真不会。

"先试试看呢!"原羚笑眯眯地耐心道,"先想想你最喜欢的东西,然后……"

"存钱罐!"原老师还没说完就被金宝宝打断。

原羚无语。

"而且是'猪'形的存钱罐。"金宝宝双手比画,大声解释。

周围的同学笑得东倒西歪,金宝宝急了,环顾一周恨恨道:"怎么了?喜欢存钱罐怎么了?"

原老师也被金宝宝逗乐,俯身柔声问她:"你为什么喜欢猪形的呢,你们班的同学不是都该属蛇吗?"

"我妈妈属猪!"金宝宝想了想赶紧又补充一句,"可是她长得不胖,她很漂亮的,不然我爸当年也不会娶她啊。"

原羚憋了好一会儿才把那一串已经涌到嘴边的"哈哈哈"憋了回去:"那这次老师稍微破个例。"原羚拿起铅笔,"唰唰唰",纸上已经出现三幅猪的简笔图,视角分别是正面、侧面、后面,因为金宝宝说她喜欢猪是因为她妈妈,她还特意给猪猪加上了带木耳花边的围裙和蝴蝶结发卡。

金宝宝的嘴巴张成了小圈圈。

"你可以参考,但不能画得一模一样,可以吗?"

第五章
天台秘密站

因为金宝宝这里开了头,接下来不停有同学向原羚提出"单独辅导"的要求。何菇一边随意地在画纸上涂抹,一边不时偷偷地看原老师。她觉得原老师宽衫广袖在教室内缓步巡视的样子,特别像闲庭信步的仙鹤,又飘逸又静雅。

金宝宝认认真真参考着老师画好的示例图,画着她心目中的可爱储蓄罐。在其他同学也都埋头画着自己的作品的时候,坐在教室最后一排的刘震再次展现无所不能级别的学神境界,他已经画好了一幅人物速写。

夏曈见他放下了铅笔,拿起手边唯一一支红色的铅笔,很小心地提着,轻轻在画上涂抹了两笔,夏曈一时好奇,探过头想看刘震画了什么。

"啪!"轻轻松松能扣住篮球的巨大手掌将画面一丝不漏地盖住了。

"干啥?画个画需要抄袭吗?"

夏曈瞪着刘震,表示很不服气。

原老师已经向教室后方走来,夏曈以为刘震要交作业,在众人羡慕的视线中志得意满地潇洒离去,结果刘震却把那张画纸轻轻对折后收了起来,然后重新展开一张白纸,又开始画一幅新的画。

原老师走过来,看了看夏曈的画,又看看刘震的,满意地点点头。这两个一看就知道曾经接受过专业的训练。

"何菇,钱怎么画?"金宝宝求助道。

"你用手机找张照片照着画呗。"何菇发现很多同学都在这么干,老师也没制止。

"我照着照片画不出来。"金宝宝撇撇嘴,小声说。

"……"何菇只好随手画了几个硬币、纸币的图形。

第二幅画刘震也很快就画好了,无聊地坐在座位上转着铅笔。

"你怎么不走?"夏瞳问。已经有同学将完成的画交上去离开了。

"等你。"刘震口是心非地答,眼睛时不时瞄向教室第一排。

"你画的是啥?大哥我?"夏瞳头伸过来看,刘震画了一幅夏瞳正面的素描。

"就是画你小子。"

"哎哟喂,你竟然把我画这么美!说吧,小弟,你到底有多爱我?"

"山无陵天地合!"刘震表忠心。

周围几个男生被刘震夏瞳这一唱一和恶心坏了。

"你先前画的那张是什么?"夏瞳好奇追问。

"没什么。"

"是苏雪对吧?"夏瞳猜测,不然也不能神神秘秘地折起来藏好,折叠时的手势还那么轻柔。

"滚!"刘震怒目而视,"没事我画她干吗?我瞎吗?"

夏瞳无语地看看刘震,这厮真的是魔怔了,为了否认他画苏雪,不惜诅咒自己瞎了?

因为和往届学生打听过,原老师从不会给良以下的分数,又恰逢周末最后一节课,所以对绘画没兴趣的同学草草完成

第五章
天台秘密站

作品就上交了,迫不及待地离开了学校。

等到下课铃响时,教室里只剩十来个学生。

金宝宝将一张素描纸画得满满当当的,这才心满意足地放下笔。

苏雪和何菇都凑过来看,只见一头胖胖的戴着蝴蝶结穿着木耳边围裙的猪猪站在画面正中央,周围缭绕着各种纸币和硬币。

"你画的是……猪扑满?"苏雪猜测。

"不,我画的是我妈和她最喜欢的东西。"金宝宝解释。

何菇苏雪都笑了起来,但都是善意的微笑,并没有嘲弄的意思。金宝宝的画虽然技法拙劣,却带着一种年画式的热闹鲜活,可谓是丑萌丑萌的。

"你们画了什么?"

"我画的是这个。"苏雪把画举起来,"科迪亚克岛棕熊。"

"科迪亚克岛?在阿拉斯加湾对吗?"何菇问。

"对啊。"苏雪道。

何菇突发奇想:"苏雪你是不是去过阿拉斯加啊?"

"是啊,我小姨去年带我去过的。"

何菇一时间百感交集。

苏雪画的这头人立的巨熊,细节渲染得很到位,眼神凶恶,表情狰狞。

虽然苏雪并没有多喜欢画画,但从小家里给请了专门的老师,所以她也就跟着可有可无地学着,现在算不得画得多好,却也比上不足比下有余。

"你为什么要画一只这么吓人的熊?"金宝宝问,这和苏雪一贯萌萌软软的画风完全不搭啊。

"我也说不上来。"

夏瞳和刘震恰好路过,刘震看了一眼那头凶巴巴的巨熊,又看看苏雪。苏雪马上下意识地向座位里一缩。

夏瞳则盯着何菇的画看个不停,直到刘震把他拽走,夏瞳仍不忘回头竖起大拇指给何菇点赞。

"何菇你画得好棒好棒啊。"金宝宝凑到何菇跟前,看了一眼,差点儿就跪下了。

"天哪,何菇,你真是高手呢!"苏雪也赞叹。

已经走到教室门口的刘震再一次回头,恰好苏雪对上他的视线,刘震也不知道自己脑子里哪根筋搭错了,伸出右手食指在脖子前画了一下,比画了一个异常凶狠的抹脖子的动作,果然苏雪的脸立即垮下去,露出泫然欲泣的表情。

"苏雪你怎么了?"金宝宝在一旁不解地问,"怎么要哭了?你明明画得很好啊。也就比我差一点点。"金宝宝非常真诚地说,她是真心觉得自己今天画了一幅大作。

何菇忍无可忍,掩嘴笑起来。本来都快被刘震吓哭的苏雪也揉揉眼睛笑了起来:"嗯,今天宝宝画得最好了。"苏雪温柔地说。

"不是啊,比何菇还差一点点。"金宝宝总算还有一点儿自知之明。

"不,你这样的才算直抒胸臆、明心见性。"虽然是在和金宝宝逗乐,但何菇这么说并不是在取笑她,虽然笔法稚

第五章 天台秘密站

嫩,但金宝宝的画并非毫无可取之处。

金宝宝困惑地眨眨眼。一个生僻的成语她就听不懂了,何况还一连两个!

"喏,"苏雪声音甜甜地解释给金宝宝听,"就是比心。"她一边说一边用双手在胸前比出一颗心形,"就是这幅画里有你的心,不是每个人都能做到的。"

已经走出教室的刘震好像强迫症发作一般,再一次转头从窗外看向教室内,原以为会看到苏雪涕泗滂沱的样子,结果却见她举着小小的手在胸前结成心形,很高兴地说些什么。

这……刘震忽然特别生气。

"你说小苏雪为啥要画只科迪亚克岛棕熊?"夏瞳在一旁哪壶不开提哪壶,"哎呀,这可是现存最大的陆地食肉动物哦,比北极熊都大!我来想想哈,咱们学校谁个儿最大?哎呀,不就是老兄你吗?哈哈哈哈……"夏瞳的笑声戛然而止,因为被刘震一巴掌拍得脸冲玻璃紧贴上去。

收拾好东西准备离开教室的何菇、金宝宝和苏雪迎面看到一张贴在窗户玻璃上的扭曲的脸,都吓得叫出声。

"那什么鬼?"

何菇定定神:"那……那是夏瞳吧?"

"何菇。"正在讲台上收拾教具的原老师见何菇要走了,向她招招手,"来。"

何菇不解地走上前,苏雪和金宝宝在一旁等着她。

"这次艺术展你参加吗?"原老师问。

何菇摇头:"我可能没时间准备。"何菇从未打算过参

145

加学校艺术展,入校两周的时间足以令她明白该如何摆正自己在新学校的位置,她必须利用一切机会和资源好好学习,同时保持足够的低调。

原老师露出失望的表情:"老师一直都期待你能参展的。你入校申请里交的那几幅作品真是很好。"

何菇脸色微红。

"老师如果把那几幅作品当作展品展出,可以吗?"

何菇斟酌着心中的措辞,不知道怎么才能委婉地拒绝老师第二次。

"老师,何菇入学申请里交了什么作品?"一旁的金宝宝已经按捺不住了,凑过来问。

原老师笑道:"几幅改编名画的彩铅画。"

"哇,听上去就好厉害!何菇给我看看嘛,你肯定拍了照片对不对?"

"可是在我妈妈手机上啊。"

"那你回家发给我好不好?"

金宝宝缠着何菇问东问西的时候,原老师已经收拾好东西离开了,今天她收上来的画里,放在最上边的一幅是在晴蓝天空下的沙汀上闲步的仙鹤,用普通的彩色铅笔画出了淡彩山水的意蕴,这幅是何菇画的。原羚不禁想,何菇算是她教过的学生里悟性最好的,如果家庭条件允许的话,大可以专业学画,但很可惜她的家庭条件并不允许。

"啊,对了!"在校门口即将分手时,金宝宝忽然一拍脑袋,把背在身后的书包一把扯到身前,"差点儿给忘了。"

第五章
天台秘密站

她双手在书包里一阵乱掏，过了好一会儿擎出一管东西，笔直地递到何菇鼻子下边。

"什么？"何菇吓了一跳。

"护手霜，很管用的！"

何菇刚要回绝，却听金宝宝说："送给你妈妈。她手上有很多小毛刺和裂口，看上去就很痛。"

何菇感动得说不出话。

何菇把金宝宝送的护手霜带回了家，在交给妈妈之前她忍不住上网搜了一下，果然和她料想的一样价格贵得吓人。

"这是什么？"妈妈托着护手霜，好奇地细看上面精美的花纹和异域文字。

"金宝宝送你的护手霜。"

"啊？"

何菇妈妈每天双手都忙个不停，还要大量接触各种洗染用品，双手格外粗糙，甚至带点儿小伤都是难免的。

何菇妈妈的眼睛闪了闪："那小姑娘竟然留意到了你妈我的手比老太婆还不如？"

何菇也没想到，看上去大大咧咧的金宝宝竟能留意到这种细节。

"哎呀，可把我高兴坏了，我就请金宝宝吃了几碗稀饭，人家就知道送我这么好的护手霜呢！你说我是不是白养你了，哎呀，真是亏大了，亏大了！"

何菇摊摊手："你现在把我扔出去，你损失更大。你自己决定吧。"

"何菇,周一妈给你带个保温壶,装壶杂豆粥去学校,成吗?"

"那可真是不能更好了!金宝宝肯定喜欢。"

周六下午,偷得浮生半日闲的辰薁身着轻薄贴身的健身装,手里提了一只头盔,腰上系着一个运动腰包,停好自行车后向一间位于步行街内的咖啡馆走去。她刚刚绕城骑行了一圈,喂了她经常去喂的那几群流浪猫。

辰薁一进咖啡馆就笔直地向一个靠窗的卡座走去。

卡座里已经坐着一位和辰薁年纪相仿的女子,瀑布般的微卷栗色长发直落腰间,红色丝绒连身裙配铆钉长靴,黑色机车夹克随意搭在椅背上。

"这就喝上了?"辰薁丢下头盔,看看孙臻面前的长岛冰茶。

孙臻抬头,一脸完美无瑕的妆容,和素颜的辰薁恰好是两种风格。两位都是气势迫人的大美女,难得的是竟能相得益彰。

"千杯不醉的天赋浪费了多可惜?"孙臻向老友举杯致敬,"你喝点儿啥?"

辰薁随意点了一份红茶拿铁。

辰薁和孙臻是发小,一起上的幼儿园、小学、初中,关系好得不得了,天天手拉手上厕所那种,巴不得穿同一条裙子,虽然辰薁高中就出国留学,但两人之间情同姐妹的情谊一直保持到今天。

"谢谢你送的小猫崽啊,我们家苏雪可喜欢了。"孙臻道。

第五章 天台秘密站

"应该送你那窝里另外一只,有人说那只长得像苏雪。"辰冀说着拿出手机调出小白猫的照片。

"哈哈哈,"孙臻狂笑,"谁眼神这么好?真像啊!苏雪要变成猫了妥妥的就这样。"

"最近出去吗?"

"过几天有个短途,一个新开的酒店,请我们团队去住几天,写个推广文捧捧场。"

"天下还有比职业旅行体验师更美好的职业吗?"辰冀慨叹。

"有啊,成功的职业旅行体验师!"

辰冀摇头:"苏雪文文静静的,真是怎么看都不像和你是一家的。"

"别说你好奇,连我都想不通我姐姐姐夫怎么能生出这么可爱的孩子来。他俩你都见过的啊,标准的中产阶级沉闷夫妻,永远肃穆庄严死气沉沉,不缠纱布都像木乃伊。"孙臻放肆地吐槽,辰冀对她的口无遮拦见怪不怪,"可是你见过比我们家苏雪更萌的娃没?"

"讲真的,还真没有。"辰冀露出回忆的表情,"我俩弟弟都没她讨人喜欢。你还记得苏雪两三岁那会儿你还常带她来找我们家小瞳小曦一起玩,一直到我出国。"

"哪儿啊,明明是一直到你家夏瞳把苏雪推湖里去了。"

辰冀露出尴尬的表情,当时的情景还真是历历在目,虽然苏雪立即被她眼明手快地从湖里捞了起来,但那场惊吓可不是闹着玩的。

"那次我带苏雪回家后差点儿被我姐我姐夫逐出家门。"孙臻撇撇嘴。

辰蕻也知道关于苏雪坠湖的事,孙臻心里也是很介意的,因为后来她再也没有带苏雪来和夏瞳一起玩过,所以苏雪和夏瞳虽然一起在一个学校念书,关系却平平。"幸好那两个当年都还小,啥都不记得了。"辰蕻笑道。

"要是夏曦在,他肯定记得。"孙臻这句一说出来就恨不得抽自己两耳光,不是刚炫耀过自己千杯不醉,这就开始瞎说醉话了?

辰蕻沉默了片刻,笑了笑,"我到现在都记得,小曦第一次看到苏雪就偷偷和我说,那个小妹妹像是雪做的一样,不小心会不会碰坏她啊?"辰蕻苦笑着摇头,"小曦可是真喜欢苏雪。"那年在湖边夏瞳犯浑把苏雪推开,也是因为嫉妒苏雪和夏曦关系更好吧?

"小曦啊,真是太早慧了。"孙臻慨叹了一句,原来她认为什么"孩子太聪明怕养不好"都是鬼话,后来才懂,有时真是慧极必伤。夏曦多好的一孩子啊,可惜……

"还有夏瞳推苏雪的事,怎么说呢,不是我一定要替那小浑蛋辩护,但他本性确实不坏,小时候那么熊,也是因为被我爸妈忽略得太多了,才不惜一切想引起他们的注意。"

"都过去了。"孙臻放下杯子,轻轻拍拍辰蕻的手。

过去了吗?怎么可能过去呢?哪怕就是此刻,辰蕻脑海中闪现的那个画面中,桃花灼灼绿柳依依的湖边,三个粉雕玉琢的小娃娃,小曦就在那里啊,虽然长着和夏瞳一样的脸,

第五章 天台秘密站

但他总是笑得很暖,眼睛亮晶晶,又懂事又聪明的样子。只是一眨眼,那么美的画面就碎了,小曦不在了。

辰冀收拾了一下心情:"说吧,苏雪怎么了?"

孙臻不顾脸上的大浓妆,非常没形象地抓耳挠腮了一番,显然不知道怎么启齿。

"总不会是那小丫头干了什么让你生气的事?"辰冀道。

"怎么可能?我家这个小宝贝从来不会惹任何人生气。你知道我们家有宠最小的传统,所以我一直都很得宠,直到苏雪出生,你还记得当时我跟你抱怨过,觉得自己的地位被侵犯了。"

"记得记得,"辰冀马上点头,"当时我俩可有话谈了,因为我妈那时恰好生了夏瞳夏曦。"

"但很快我就变得掏心掏肺地喜欢她,因为小不点儿实在太可爱了,从小就乖,难得听她哭两声,总是甜甜地看着每一个人。后来我成天在外边浪,从来不会想爸妈想姐姐,但时不时就想小苏雪。每次出远门回家把她抱进怀里,马上不由自主地笑得龇牙咧嘴,小东西那一头自来卷简直就像一条小小的缀满睫毛蕾丝的蓬蓬裙,轻轻搁在我手臂上,大大的眼睛带着笑看着我,真是活体洋娃娃一样,可是一眨眼也就长大了。"

辰冀聆听着。

"我这次回来吧,准备找机会向苏雪讲点儿女孩子之间的悄悄话,毕竟也开始戴文胸了,有些话她妈是不好意思和她讲,我从来都是百无禁忌,你知道的。"

辰冀点头:"太知道了。"孙臻横冲直撞愣头愣脑的说话方式会让人怀疑她上辈子是活在西班牙斗牛场的一头牛。

"结果吧,"孙臻又灌了口酒,"啪"地把酒杯放下,"我望着她那双眼睛,愣是一个字说不出口。只有幼儿园小孩才能有那么天真无邪的眼神吧?我觉得我想说的话简直是在毒害祖国的花朵啊。问题是她都幼儿园毕业多少年了?十五岁啦!啥都不懂,想当年我这么大的时候什么不懂……"

"什么没做过!"辰冀促狭地添了半句。

孙臻瞪了辰冀一眼,笑起来:"好汉不提当年勇!我都不提了你还提什么?"

"那你现在到底在担心什么?"辰冀将话题拉回来。

"我知道我们家苏雪智力肯定是正常的,就算不是特别聪明,也没笨到哪里去,可是她这心理年龄是不是不太对啊?我这两天越想越心慌,难道我们家祖传的宠小孩门风终于把她给宠坏了?"孙臻说完看着辰冀,眼底真真切切写着焦虑。

辰冀笑起来:"瞎说什么,你可真是关心则乱。我先问你一个问题,家养的猫长大了是不是还是喜欢窝在主人怀里?是不是?"

"是啊。"

"你觉得那些猫是被宠傻了吗?"

"可我们家苏雪又不是猫!"孙臻不高兴道,"你举的都是什么蠢例子?那些猫就是被宠成笨蛋了!"

辰冀也不和孙臻争辩,继续说道:"因为生活环境太顺遂幸福了,所以在心理认知上仍觉得自己是个很小的宝宝,这难道不是一种幸运吗？"辰荑提出另一种视角，"在进化心理学中，有一种'生活史理论'，这种理论认为人类的儿童期在进化过程中是逐步延长的，通俗的说法就是，生活条件越好孩子越晚熟，所以有句老话叫'穷人家的孩子早当家'。你觉得苏雪不开窍，那是因为你们家的日子过得太好了。"辰荑笑道。

孙臻翻了个白眼。

"再说了，你也不必太高估你们家祖传的宠小孩绝技，等苏雪真的开窍了，不再一团孩子气，你再想让她变回去可就没门了。"

孙臻叹了口气："我不是不喜欢她现在这样，就是……"

"我最喜欢的一个 Ted（线上视频）演讲的主题是'如何尽力拥抱内心的小女孩'。这个'小女孩'是一种隐喻，指代的是人类内心最柔软美好善良纯真的特质，任何一个人，不分男女，在幼小的时候都具备的特质，却最终在成长的过程中渐渐丢失。苏雪没能和身边的同龄人一样，快速丢失这种特质，并不是她不正常。"辰荑用平静却笃定的专业口吻说，"臻臻，你曾问过我为什么会选这样一份工作，成天对着一群小孩干啥？可是我就是喜欢这些处于成年前最后蜕变期的半大孩子，因为他们身上依然充满了各种可能性。对于真正的成年人的心理隐疾，只能靠治疗，而对这些孩子并不需要，只需要引导就行了。我的成就感并不来自于纠正了他们的错误，而在于将他们引向了更好的方向。"

孙臻显然听进了辰荑的开解，脸上的表情变得轻松了不

少:"哎哟,你到现在还没事看Ted演讲?真是学霸人设万年不变。"

"那必须不能变啊,不然今天不耻下问的不就变成我了吗?哈哈哈!"

"厚脸皮也是万年不变啊,亲!"

两人笑闹起来,夕阳熔金般映在咖啡厅的大理石地面上,路灯一盏盏亮起,然后是万家的灯火,马路上赶着回家的车辆的灯光首尾相连成一条光影蛟龙,勾勒出整座都市的繁华和喧闹。

同一时间,苏雪并不知道自己的小姨正在为她牵肠挂肚,她看着摆在书桌上的台历,再翻过一页,可就是下周一了。到时,她就得和刘震同组值日。整整一周!

苏雪越想越忧心忡忡,虽然她至今也想不出合理的解释,但刘震显然很讨厌她。揪她后衣领把她拎起来,两次!拽她辫子,一次。

他说和她跳舞会像和他家宠物猫跳舞,还说她都没有他家的小猫站起来高。还有,他还送了她一个伊犁鼠兔面具……呃,这个好像不能算是他欺负她的罪行之一。

苏雪忍不住从书桌最下层的抽屉里取出那只小小的面具,做工极其精致、恰好可以遮住她的整张脸,就像是特意为她量身定做的面具。刘震说过,这是他亲手做的。

苏雪双手托着面具,心情慢慢变得很复杂。

第六章

少女在路上

  为了能顺利度过求学生涯中最为重要的三年,她极力降低自己的存在感,很多事情都主动回避。可是,哪个心态正常的女孩子不想自己光鲜灿烂,不想自己被众星捧月地环绕,不想被赞美声淹没呢?

　　新一周的第一天，刘震从一起床就处于精神洋溢到快漏出来的状态。如此灿烂的心情并不是因为秋高气爽晴空万里，而是因为从今天开始，他要和苏雪同组值日，整整一周时间。

　　周一、周二、周三、周四、周五！随着时间的流逝，刘震节节攀升的雀跃期待的心情，简直堪比不停翻滚的雪球，不断地壮大，直到上午最后一节体育课。刘震的好心情意外地崩溃了。

　　女生们换上运动装和日常的模样自然不太一样，有几个闲坐在一旁的男生，就指指点点议论了起来。一般这么无聊的谈话刘震绝对不会加入，但他忽然听到苏雪的名字。

　　"苏雪是萌系的啦。"

　　"对对，康娜那种！"立即有男生说出一个二次元的萌娘来举例。

　　"今天最像了，看她头上。"

　　刘震下意识地也向操场那头刚刚结束热身运动的女生群望去。大概为了方便运动，苏雪今天上课前把头发分成两股，编好了之后在脑袋两侧盘了两个对称的丸子头，就像幼龙的

龙角似的，怪不得那些男生说她像康娜。

因为刚刚运动完，苏雪的小脸红扑扑的，不知道站在她身旁的何菇对她说了什么，她眯缝着眼睛笑得非常开心。可爱成这样真是犯规。

只要不是眼神不好都能看出苏雪有多讨人喜欢，但刘震一听到别人夸苏雪可爱就觉得自己受到了冒犯，理智上他当然知道这完全不符合逻辑，但他就是抑制不住内心的愤懑。

"五短身材说的就是苏雪这种人吧？"刘震转身用训诫的口气向那些男生说，"我觉得如果精准测量一下她的头身比，搞不好会得出 1 比 5 这种让人怀疑她可能有隐形基因缺陷的结果。美女之所以是美女，就是因为悦目的五官和匀称的体形反映出了她们自身的基因优势。美丽归根结底是'健康感'，这种小侏儒级别的也算漂亮？你们是不是都应该去查查视力？"

刘震有理有据气势如虹的论证听得几个脑筋不太好使的男生一愣一愣的。操场那头的苏雪忽然打了一个喷嚏，此刻她还一点儿都不知道她已经被贴上了"嗯，这个女生确实可爱但真的有点儿畸形"的标签，并且将拥有一个马上就要传遍全校的绰号："阿五"。

体育课结束后就是午休时间。食堂里，何菇将保温壶递给金宝宝："我妈让我给你的。"

金宝宝打开一看，立即欢呼一声。

"好香啊。"苏雪在一旁羡慕地眨眨眼，但不好意思直接要求金宝宝分她一点儿尝尝，隔着桌面眼巴巴看着她。

"天啊,感觉我不给你就像虐待你一样。"金宝宝立即举白旗,但很小气地只分了苏雪小半盖碗,幸好苏雪也不计较,道谢后捧起,一边吃一边数着:"这个是红豆,这个是绿豆,这个是芸豆,这个是花生,这个是红枣,这个是黑豆……"越吃表情越舒展,"何菇,为什么我家也做杂豆粥,却没你家做的好吃?"

"杂豆粥的味道应该都差不多啊。"何菇笑眯眯看着这两个明明和自己同龄却感觉要比自己小上好几岁的女孩子。

"不呢,你的更好吃。"

"我想想啊……"

当何菇和苏雪展开美食上的学术探讨时,金宝宝埋头狂吃,她生怕一会儿苏雪还要来分,结果证明她多虑了,苏雪的饭量是小鸟级别的。

"啊,对了,我妈熬粥用的是现磨的豆浆。"

"这是参照了美龄粥的做法?"苏雪眼睛一亮,"回去我也试试这么煮。"

"苏雪你还会做饭啊?"金宝宝随口问了句。

"会啊。"

"哎呀,这杂豆粥真是太好吃了,可惜今天没有你妈妈腌的豇豆。"金宝宝意犹未尽地回味着。

苏雪又露出羡慕的表情,眼巴巴看着何菇小声请求:"下次我也要去。"

只是咸菜而已,也不知道有什么好羡慕的,虽然心里这么吐槽,但何菇还是不由得拿出哄孩子的腔调对苏雪说:"好

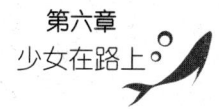

的好的，下次一定带你一起去。"

苏雪握着勺子露出开心的表情，忽然有人向她们打招呼。三个女孩一起抬头望向来者，原来是夏瞳和刘震吃完午餐路过。

"金宝宝你脸上长痘了。"夏瞳一看见金宝宝的脸立即笑了。

"瞎说，我从来不冒痘！"

何菇赶紧转头看金宝宝，果然，她取出纸巾，一边替金宝宝擦脸一边笑道："吃脸上了都不知道。"

苏雪坐在座位上没动也没说话，像是僵住了一样，直到夏瞳和刘震离开。

"怎么了，苏雪？"何菇发现苏雪一脸惊惧。

"你是不是因为今天要和刘震一起值日，所以害怕啊？"金宝宝又展露出她粗中有细的一面。

"有什么好怕的？大不了找劳动委员换组，要不，我直接和你换好了！"金宝宝又说道。苏雪露出挣扎的表情，显然金宝宝的提议对她很有诱惑力。"可是……可是这样对刘震是不是不好啊？好像我在讨厌他一样。"

"难道你不讨厌他吗？"金宝宝心直口快。

苏雪低头不语。

何菇见苏雪露出窘迫的表情，赶紧安慰地搂搂她："刘震确实不算多讨厌啊。"

"他都那样了还不讨厌？我觉得他特别针对苏雪！"金宝宝道。

"我倒是觉得刘震没什么恶意,他对苏雪应该只是想开玩笑,但总是掌握不好分寸,仔细想想,他还挺蠢的。"何菇客观地分析。

"蠢?刘震?"苏雪瞪圆了眼睛。

何菇点头:"智商和情商是两回事,不是吗?你们没发现刘震和夏瞳的相处方式就挺不可思议的。"

金宝宝一拍桌子:"对对对,刘震完全就像夏瞳养大的看门狗狗,对夏瞳言听计从,还对他事事维护,特别不符合他无所不能的学神人设!"

"所以啊,你可以试着多拿出一点儿耐心来面对刘震,如果他说了什么刺耳的话,你就当作他是说了一个失败的笑话,先原谅他。"何菇劝告苏雪,"同学之间的相处,还是以和为贵。当然如果他真的太过分,我一定会帮你的,有很多方法可以解决。别怕。"

苏雪点点头,信赖地看着何菇。

金宝宝则在一旁露出若有所思的表情:"何菇……"

"嗯?"

"你是不是也是'试着多拿出一点儿耐心'来对待我啊?"金宝宝挫败地问,怎么感觉自己像被当作一只顽劣的小动物对待了呢?

"瞎说!"何菇眼珠子一转,"我明明是真心喜欢你,是真爱好吗?"

苏雪在一旁"扑哧"笑了,金宝宝也咧开嘴,转忧为喜:"何菇你有时可真逗,不过看过你妈妈就明白是为什么了。"

第六章
少女在路上

从午休结束一直到放学之前，整整三节课，整整三个钟头，整整一百八十分钟，一万零八百秒，始终有一个画面在刘震的脑海中挥之不去。

一柄不锈钢勺子，被苏雪握在手里，只露出嵌套着粉红色外壳的勺柄，柄上还贴着亮晶晶的像是白色樱花花瓣的贴片。苏雪虽然像别的学生一样在学校吃食堂，却自备餐具。是因为普通筷子汤勺之类的她用着嫌大吗？

放学时间到了，所有同学都离开了，苏雪有点儿紧张地走到讲台上，拿起了板擦。

"喂！"刘震跟了上去。

苏雪吓了一跳，手里的板擦差点儿掉了。

果然手太小抓不住啊，刘震的视线在苏雪玩偶般精巧的小手上停了停："你下次是不是要准备个专用板擦？"

"嗯？"完全 get（得到）不到这句话重点的苏雪露出茫然的表情。

"专门给儿童用的，就像你的饭勺。"

"我的饭勺不是给儿童用的。"苏雪忍不住小声争辩，那就是个正常的饭勺而已。等等，为什么刘震会知道她用什么饭勺？

"今天任务怎么分配？"刘震将视线从苏雪手上挪开，俯视着她的脸。

"呃……"苏雪还没认真想过，"要做的值日项目是，擦黑板、扫地拖地、清洁讲台和课桌……"苏雪一样一样数着，"你选一半，我做剩下的一半，好吗？"

刘震点头，拿起另一块板擦："黑板我们一人擦一半。"

"好。"苏雪原本想着按项目分配，但刘震想平分每一个项目也没问题。

"我的意思是，我擦上边一半，你擦下边一半。"

"上边的你也够不着吧？"刘震憋着笑。

谁说的，站凳子上怎么会够不着？苏雪想起午餐时何菇的劝告，就当作刘震又说了一个不成功的笑话。

"你小时候一定很擅长捉迷藏吧？"刘震忽然转移话题。

"你怎么知道的？"苏雪好奇。

"缩起来只有这么小一团！"刘震随手比画了一下大小，"可以直接塞进花瓶里了，谁能找到你啊？"

谁捉迷藏的时候能把自己塞进花瓶？苏雪脑海里浮现出她奶奶最喜欢的那只细颈鼓腹的花瓶，就算是她刚出生的时候她也塞不进去啊。"才没有！"

见苏雪气得脸颊都鼓了起来，刘震非常得意地笑道："你肯定有！"

当他说了一个不成功的笑话，苏雪在心里告诫自己，然后不再理会，开始擦起黑板。

整个值日的过程比苏雪之前担心的还要不顺利，分歧点在于，她和刘震对于"干净"的定义截然不同。苏雪没有胆子督促刘震态度认真些，只好在他歇手后又任劳任怨地重新打扫他没弄干净的区域。

刘震伸着大长腿懒洋洋地坐在自己座位上，太阳慢慢变成煎蛋黄色，周围的云霞也染上了番茄酱的颜色，刘震看着苏雪轻轻巧巧地忙上忙下，他忽然希望时间可以停留在这一刻，夕阳流金般的光芒可以包裹住这个只有他和苏雪存在的空间，像琥珀一样永远不再变化，永远熠熠生辉。

扫地拖地擦桌子倒垃圾，忙完之后苏雪审视一周，发现黑板上边半截实在脏得可以，她不得不搬了张凳子，踩上去开始返工。

教室里的黑板一半是用马克笔书写的白板，一半是使用粉笔的黑板，刘震觉得随便擦擦不影响下次往上面写字就成，苏雪却执意要把它们擦拭得一尘不染。

"你是准备在这上头摊大饼？"刘震受不了地走上前。苏雪真是矮得见者落泪，都站凳子上踮起脚尖了还是够不着黑板最上端，刘震怕她摔下来，走过去抢走了板擦。"你可真能磨蹭，我肚子都等饿了。"

她磨蹭？怎么是她磨蹭呢？明明是他值日态度不端正，她不得不替他完成！换了任何脾气正常的女生此刻都会暴跳大吼，顺便还会拿起板凳直接砸向刘震。

但包子中的包子苏雪继续践行"是包子就不能怪狗惦记"这句名言，她一边安慰自己，刘震只是开了一个不成功的玩笑，要宽容，不要和他计较，一边小声提议："你很饿吗？我有吃的。"

"吃的？什么？"

苏雪走回座位拿起书包，取出一个小小的饭盒。刘震立即看出这只粉色的镶嵌着亮晶晶的樱花花瓣贴片的饭盒和中午苏雪捏在手里的那只饭勺是一套的。饭盒小得还不及他手

掌大，让刘震怀疑这是不是苏雪按照她脸蛋大小定制的。

"包子？"刘震打开饭盒，看到的是比汤包还小一圈的迷你小包子，"你确定这是给人吃的？"

苏雪愣了愣："是给我吃的啊。"

刘震无语。

"是我自己做的，每一个馅料都不同。"急于解释这确实是人类的食物的苏雪强调道。

虽然说起来一共有四只，但加在一起都不够他一口吞的。

"一个是绿豆馅，一个是红豆馅，一个是……"还没有解释完毕的苏雪发现四只小包子已经彻底消失了。

"都凉了。"刘震咂咂嘴，嫌弃地说。其实好吃到他都合不拢嘴了。

苏雪讪讪地接过空饭盒："如果放在保温饭盒里，皮会吸进蒸汽软掉，更不好吃的。"

"好啦，走了。"

"嗯。"

虽然一点儿都不想和刘震同行，但刘震一直在调整步伐配合她的速度，苏雪只好跟在刘震身边。

刘震刚准备提议"天晚了我送你回去"时，苏雪的手机响了，是她妈妈打来电话告诉她已经在学校停车场等她了，刘震只好闭嘴。快走到学校门口时，刘震终于还是忍不住，故意问苏雪："你家住哪儿？"

"菏泽园。"

"啊？你这样的不是都该住在夏尔吗？"刘震说完这个

第六章
少女在路上

精心准备的笑话，特别得意地笑了起来。

夏尔？为什么她这样的应该住在夏尔？一登上妈妈的车，苏雪立即开始用手机搜索。

夏尔：霍比特人的美丽家园。

词条链接：霍比特人。

霍比特人：性格温顺、与世无争、喜欢劳作、热爱美食的……矮人族！又被称为半身人。

苏雪看完气得小脸通红。

一回到家，正在厨房忙碌的奶奶就探头出来招呼苏雪一起蒸包子，苏雪马上跑过去。

她从小喜欢烹饪，五六岁大就在奶奶的指导下在厨房里挥舞锅铲了，当然了，灶台对她而言太高，她脚下得垫个宜家的凳子，不然她够不着锅，这凳子直到她十一岁身高突破135厘米时才被撤掉。

虽然从小就是班级里最矮小的女生，但苏雪之前并没觉得这有什么大不了。女孩子不是只有太胖了才会遭人耻笑吗？可刘震的出现向苏雪揭露了一个血淋淋的真相：胖还有机会瘦下去，矮的话……基本和绝症一样没治的。

苏雪从蒸笼里拿出一个被她捏成兔子形状的小包子，恨恨地一口咬掉兔子的耳朵，咬完了又忍不住难过，看看她有多尿包，就只敢拿吃的撒气。

对了，今天刘震可是一口气把四个小包子全吃了，标准的"口是心非"啊！苏雪忽然想到。

苏雪至今不明白刘震为什么对自己不友好，从小在蜜罐

里泡大的她也根本不知道怎么面对别人的恶意,所以她天真地希望可以和刘震和解。

只要他能感觉到她是和善的,他肯定会友好地对待她的!苏雪怀抱着美好的期许,开始每天给刘震进贡小包子。然后,事情的发展走向彻底出乎苏雪的意料。

在刘震的价值观里显然并没有"吃人家嘴短"这回事,专门针对苏雪的嘲讽还是纷至沓来,如大海潮涌,一浪接着一浪。

"商场童装部打折了,你不要去看看吗?"

"你去游乐场啊、坐高铁啊,买儿童票就行了吧?"

"我觉得你亲戚朋友家比你小的女孩肯定都不喜欢你,因为从来捡不着你穿不下的衣服。"

"你知道大学里有多少专业是有身高限制的吗?"

"下雨的时候如果风特别大,我觉得你连楼梯都不用走,直接从走廊跳下去,雨伞打开就能当降落伞用了。"

各种何菇所谓的"不成功的笑话"层出不穷,刘震似乎拿嘲弄苏雪当成了一项新的业余爱好。苏雪步步退让,因为从一开始就不敢反抗,以至于后来越来越不敢反抗,不管刘震说出多过分的话,她都能默默地、乖顺地挤出一个笑容来回应,内心依旧留存着狂风中烛火般微弱的希望:能不能看在她这么努力卖萌讨好的分上停止欺负她呢?

结果,刘震得寸进尺,越来越过分。"你坐在那里的高度刚巧和字纸篓差不多。"他把吃完的苹果核顺手塞进了苏雪穿在校服外边的连帽衫的帽兜里,自以为很幽默地说。

第六章 少女在路上

苏雪转头看他，嘴角扬了两次却还是挤不出笑容来，这次是真的太过分了，苏雪扁扁嘴，眼泪都快掉下来了。她怎么可能像字纸篓？

意识到自己实在太过分的刘震默默地把果核又取出来。

对于刘震来说，这几天放学后的共同值日时间，真是开心得都快飞起来了。因为苏雪总是要返工重做刘震已经做完的清洁，刘震干脆直接撂挑子，只管大马金刀在自己座位上坐着，等苏雪来清扫地面时把长腿架在课桌上，就是他整个值日过程中唯一的运动量。

苏雪虽然过分讲究，但做事相当麻利，整个值日过程一般在一个半小时内一定可以完成，夕阳如蜂蜜般铺满教室的地面时，苏雪恰好开始最后的收尾工作，把所有的扫除工具逐一收拾妥当，摆放整齐，然后仔细地把手洗干净，取出一管包装特别可爱的护手霜，仔细地抹匀两只手。这是每天刘震最喜欢的时刻，因为苏雪会带着淡淡的香气向他走近，然后用软软白白的两只小手捧出一个精巧的保鲜饭盒，脸上带着几分讨好的笑意，声音小小地软软地问他："刘震，你要吃包子吗？"

但今天苏雪把清洁工具全部收拾好，洗完手就背起自己的书包一言不发地离开了教室。

"苏雪！"

苏雪见刘震追上来，以为他是向她要今天的包子，虽然心里暗暗吐槽他太过分，但还是在教室门口站住，准备乖乖打开书包把装着小包子的保鲜盒拿出来进贡。

"这个是不是你的?"刘震向苏雪摊开掌心,一只镶着蓝色水钻蝴蝶结的小发夹躺在他手里。

苏雪赶紧摸摸两边刘海,今天的发夹没掉啊:"这个……"苏雪忽然想起开学那天她弄丢过一只发夹:"是我的,怎么在你这儿?"

"我捡到的。"刘震理直气壮。

这个确实是刘震开学那天在教室走廊上捡到的,他当时就知道这是苏雪掉的,却没有及时还给她,每天藏在贴胸的口袋里,直到这时才拿出来。

苏雪显然也想到了这点,脸上露出疑惑的表情。

刘震努力给自己加 buff(技能),绷紧脸皮,努力表现自己的光明正大。"还你。"

"那……谢谢你。"苏雪摊开手掌,等待刘震把发夹交给她。

刘震的手臂向下降低,快要碰到苏雪的手时又突然抬了上去,手掌向上平托着,托塔李天王附体似的:"给!"

苏雪仰起头,恍若一只盯着驯兽师手里拈的小鱼干的海豚。"我……够不到。"她踮起脚却仍是差那么一点点。

"你不要了?"刘震明知故问。

"不是,我够不着。"苏雪的声音越来越小,表情更加窘迫。

"哦,这样啊。那不如我替你夹上吧。"

"嗯?"苏雪不确定自己听见的,"你说什么?"

刘震猛地合拢手掌,转过身。因为他和苏雪之间逆天的身高差，只要他不愿意，她就不可能看见他脸红的样子。

"这是我的发夹。"苏雪见刘震急急向外走，赶紧说道。

"是你不要的！"

刘震大步流星，瞬间就出了教室，苏雪试图解释的声音全部被他甩在身后。

确认苏雪并没有追上来之后，刘震这才鬼鬼祟祟停下，在走廊上伸头透过教室后门的气窗向内窥探，只见苏雪捏起了拳头，小小的、白白的，剥了壳的鸡蛋一样的拳头，刘震本以为苏雪是气到想打人了，结果她提着小拳头按住了眼睛。

这是……被他气哭了？

刘震觉得心里"咯噔"一下，像是心脏忽然被速冻成了冰块，还跌出了胸腔，摔了个稀巴烂。虽然他觉得每次他逗苏雪时，她弱弱的一点儿都不敢反抗的样子特别可爱，但他从未想过真的让她难过啊。

刘震很想冲进教室，诚恳地向苏雪道歉，亲手把发夹还给她，求她别哭，但脚底不知为何像抹了油一样，等他反应过来，他已经以百米冲刺的速度飙到了楼下。逃得这么狼狈仓皇，好像干了多么罪大恶极的事情似的，刘震觉得自己很可笑，可是想想苏雪用小拳头揉搓眼睛的样子，他就完全笑不出来了。

学校里的自行车停放处乱成一堆。不知是谁的恶作剧，好几辆车被成双成对地用U型防盗锁锁在了一起。

载厚中学骑车上学的师生不多，但总归也有几十个，所

以校方特别规划了一块靠近学校大门的地方，搭建了光线明亮的自行车停放处。

和另外几个受害者一样，九桑也瞠目结舌地看着自己的山地车，它的后车轮竟然和另外一辆崭新的红色自行车锁在了一起。

九桑的车相对而言比较陈旧，又是小杂牌，和停放处那些动辄万元以上的山地车相比，完全不值一提，但这是爷爷奶奶送给他的，那可是一对连买块豆腐都要比较价格的老人，所以九桑十分珍惜。

"哇，我第一次骑车上学就遇到这种事，还能再倒霉点儿吗？"金宝宝走过来，站在小红车前夸张地哀叹。

另外几对被"合锁"的同学试了不少办法，但还是打不开防盗锁。有人去找来学校保安，保安说只能去找专业的开锁匠，但锁匠来估计还得等好一会儿，他建议学生们先搭乘别的交通工具回家。

其他人都离开了，九桑仍不死心。"我再试试。"他蹲下来，抓起那只沉重的 U 型锁煞有介事左看右看，"金宝宝，你有发夹吗？"

"没有啊。"她又不是苏雪，成天刘海上别两个小发夹。

"回形针行吗？"

"嗯，试试看。"

金宝宝把书包拽到胸前，埋头翻找起来，动作幅度大了些不小心把手机颠了出来，恰好落在九桑脚边。

"没事，屏没碎。"九桑顺手捡起来，不小心按到 Home 键，

第六章 少女在路上

金宝宝设置为屏保的照片跃入他的视线。就是那天金宝宝在天台上一边哭一边自拍的照片。

九桑有片刻无语,哭的时候还不忘拍照这到底算难过还是不难过?虽然忍不住吐槽了,可视线却无法轻易从手机屏幕上挪开,九桑意外地发现含泪对着镜头的金宝宝竟然很好看!大头自拍照清晰地呈现了金宝宝无可挑剔的深邃五官,泪光盈盈的眼睛就像两颗浸在寒泉中的黑葡萄。

因为之前对金宝宝的做派实在看不惯,所以九桑刻意疏远金宝宝,他连仔细看她的时候都没有,当然不可能发现金宝宝其实长得很漂亮。直到此刻。

"找到了!"金宝宝把找到的回形针递给九桑,她这才发现九桑目不转睛地盯着她的手机屏幕不放。

"没有小的裂缝,我检查过了。"九桑故作镇定地把手机还给了金宝宝。

"哦。"金宝宝满不在乎地应了一声。

九桑把回形针掰直了小心伸进锁眼,然后他像个打针时找不到血管的护士似的,笨拙地左戳一下右戳一下的。

"今九桑,你学过开锁?"金宝宝好奇问。

九桑沉默片刻,故作淡定答:"没。不过,电影上不都这么演的吗?"

金宝宝发出"哈"的一声,她及时伸手盖住了冲口而出的哈哈大笑,她完全没想到九桑还有如此呆萌的一面。

九桑微微涨红脸,他终于意识到他眼下的举动有多愚蠢了。九桑蹲在车前,仰头瞪了金宝宝一眼,可他的怒意瞬间

就烟消云散,眼睛里闪现着笑意的金宝宝可爱得让他没办法和她生气,夕阳下被染上淡淡橘色的头发光滑如重磅的丝缎,脸颊上天然的红晕则让九桑想起了芙蓉花。

九桑有些狼狈地站起来,无奈拍了拍自从爷爷奶奶送给他之后每天都陪伴他上学放学的山地车:"看来今天只能这样了。"

"我们一起搭公交车回去吧?"金宝宝提议。

看看天色已经颇晚了,九桑也觉得他有义务至少把她送到公交站。

"你搭几路?"

"29。"

九桑有点儿意外,刚好和他同路?

"我家住云曦公寓。"金宝宝主动说。

九桑疑惑地看看金宝宝,这个超级土豪小公主怎么会住这种中等小区?

"你家住哪儿?"金宝宝问。

"绿水城。就在云曦对面。"

"那我们同路啊!"金宝宝高兴地说。

九桑点点头,但心里总觉得有哪里不对。

和金宝宝一起搭乘29路,在同一站下车后,九桑看看完全暗下来的天色:"我先送你回去?"

"好!"金宝宝毫不矜持地点头答应。

车到站后,九桑陪着金宝宝向云曦小区走去,路边有一些临时的摊点,有些卖蔬菜,有些卖水果。一家水果摊前蹲

第六章 少女在路上

了两只狗狗,一大一小,看上去像是母子,小的那只非常小,嗲嗲地依偎在大狗的腿边。

金宝宝看到后欢呼一声,弯腰就捞起小狗狗抱在怀里,九桑大吃一惊,随便从母狗身旁抱起小狗会激怒母狗,这是常识啊。

果然大狗沉沉地吠叫了两声,耳朵贴向脑后摆出了要攻击的架势,九桑箭步上前准备将金宝宝扯到自己身后,而金宝宝直到此时都没察觉到危险,她甚至还腾出一只手来在大狗的脑袋上轻轻拍了拍。

这是找死吗?九桑急得喊起来:"金宝宝!"

就在这一刻,奇迹发生了,那只本来充满攻击性的狗妈妈被金宝宝轻拍了一下后忽然温驯下来,好像方才拍它的是天使的手掌。

"怎么了?你喊我干什么呢?"金宝宝懵然不觉地反问九桑。

九桑感觉到胸腔内因为紧张而如擂鼓般急剧跳动的心跳舒缓了下来,一股如同在阳光照耀下消融的春雪般的沁凉又微暖的情绪,轻轻地在心底荡漾起来。一直以来,他的内心都极其冷酷,从来没有在意过任何人,也不知道美好到底是一种什么样的感觉,但九桑很肯定,这一刻,金宝宝是美好的。

这是,恍若天启的瞬间!当然,也可以说,是来自狗狗们的启发。

金宝宝和大狗小狗玩了好一会儿才恋恋不舍地起身。九桑也不催她,默默站在一旁陪伴。

"你很喜欢小狗啊?"

"嗯!"金宝宝用力点头的模样,显露出一种小狗狗般的憨气,可爱得让九桑很想伸手揉揉她的脑袋。

"你没养吗?"九桑暗暗捏了捏有些发痒的手。

金宝宝摇头:"家里不让。"

这个回答再次让九桑觉得意外,金宝宝一看即知在家里绝对是无法无天的小霸王,从小被溺爱,不然不可能闹出喂饭视频的笑话,九桑有点儿不敢相信,她父母竟然还有不准许她做的事?

"你家养狗狗了吗?"

"……有。"

"真的?"金宝宝眼睛瞪得溜圆,羡慕地看着九桑。

九桑有些心虚地回避了金宝宝的视线,他脑袋是坏掉了吗?莫名其妙的为什么要撒谎?他家里什么时候养狗了?为了转移话题同时挽回脸面,九桑清清嗓子说:"金宝宝,学校的自行车停放处里外都有监控的。"

果然,金宝宝脸色立即大变,虽然没说话却满脸都写着"哎呀,完蛋了,那我用 U 型锁锁车的时候全给拍下来了!这该如何是好啊?"

本来九桑只是有点儿怀疑,但金宝宝不打自招的反应揭晓了所有的真相。

"不过没有车丢,估计没人会调监控的。"九桑忍着笑,安慰金宝宝。

金宝宝明显松了一口气。因为和何菇顺利和解,给了金

第六章
少女在路上

宝宝极大的社交信心,全班同学里她最欣赏的人就是今九桑,但平时在班上又找不到接近九桑的机会,所以她才想到去锁车这种歪招。

招虽然歪,但歪打正着啊,金宝宝其实很敏感,她迅速捕捉到了九桑对她的态度变化,之前九桑是有些嫌弃她的,但眼下显然不了,他亦步亦趋一直将她送到小区大门口这才停下和她道别。

"再见。"

"明天见。"

金宝宝转身蹦跳着走开后九桑却没立即离去,他一直看着金宝宝用门禁卡刷开了大门旁专供步行的住户进出的小门后,这才放心地离开。

因为九桑到家的时间有点儿晚,九桑爸妈被迫饿了一会儿肚子。是的,九桑家的饭都是他做的。事实上,九桑家所有的家务活都是九桑在一手操持。"大管家"成了九桑爸妈对他的戏称。

因为九桑外公外婆是老来得女,所以九桑很小的时候,他的外祖父母就已经相当年迈且身体都不太好,根本无暇他顾。而九桑的祖父祖母从来都是被九桑父亲排斥在他们的生活之外的。

在"被当作小猪一样将就着养大"和"奋发图强努力照顾好自己"之间,九桑只能选择后者。他不喜欢天天去吃大学食堂,也不喜欢衣服全脏了爸妈才想起来要洗,还有除了他们各自的书房,家里各处都乱七八糟,除了他们自己的专

业书籍他们心中有数,其余任何别的东西在家中何处,对于九桑父母而言都是一个谜团。

在九桑一肩承担起持家的重任之前,他们家根本就是"不宜居"的,一直到九桑学会做饭洗衣服、打扫卫生、晾晒被褥、定时缴纳水电费取暖费、选择最合理的手机话费套餐,甚至逢年过节采办各种节礼,杂七杂八的琐事经过九桑的手就会变得井井有条起来,家里任何时候都窗明几净,爸爸每天都能穿上干净的袜子,妈妈总是能在临睡前喝上滋补养颜的暖心热饮。

亲朋好友十分羡慕九桑父母,两个高分低能的学者竟能养出这样一个少年老成、面面俱到、谙熟人情世故的儿子。如今家里亲戚有事都直接找九桑,因为九桑处事比他爹妈靠谱多了,虽然他才十五岁。

米饭煮好时,一锅炖也刚好可以出锅了。以周末熬好分装冷冻起来的骨头汤为底料,加上各种蔬菜、牛羊肉片、冻豆腐片以及鱼丸和魔芋粉,滋味鲜美又营养均衡,有点儿像精简版的火锅。

九桑父母非常爱吃这道菜,因为他们很爱火锅,却很少去吃。是因为嫌弃外边用餐环境嘈杂?担心食品不够卫生?并不!两位教授是嫌弃吃火锅太浪费时间。

所以只要一想到连吃个火锅都嫌浪费光阴的父母竟然抽出时间生养了他,九桑不由得就对痴迷于各自学术领域的父母充满感激。毕竟,在他生活完全不能自理的幼儿期,这两位家务白痴为了妥善照料他肯定是手忙脚乱各种挫败,而他能安然长大到产生自我意识决定好好学习照顾自己，显然父母是倾尽全力了。

九桑父母望着热气腾腾的美食一边向儿子道谢，一边开心地埋头进餐，九桑心里有些记挂着金宝宝，拿出手机犹豫着要不要发条短信给她。

"吃饭时别玩手机。"父亲温和地提醒了一句。

"嗯。"九桑将白天在学校时一直关机的手机打开。

"滴滴"，新短信提示的声音。九桑点开，看了一眼。

"是什么？"

九桑静默了一会儿，尽量用轻松的口气答："银行的转账短信。"

餐桌上的气氛立即变得凝重起来。3000元，对于一个孩子来说真是一笔巨款了。

"收到了吗？那就好。"父亲声音有些僵硬地说。

九桑的父亲和爷爷奶奶之间的关系很差很差，几乎完全不走动。九桑小的时候几乎没怎么见过这两位老人家，他也是直到近几年才瞒着父亲经常去探望祖父母，并且知道爸爸和他们的矛盾产生于他考上大学那一年。一直生活闭塞的爷爷奶奶并没什么远见，他们希望九桑爸爸不要继续念书，赶紧找份工作养活自己顺便贴补家里。在得不到家里支持的情况下，九桑爸爸完全靠自己的能力念完了大学，其间吃了很多苦头，也正因此，心中怨念极深。

九桑喜欢爷爷奶奶，他也爱爸爸，他思来想去，决定用自己的方式化解父亲和祖父母之间的旧怨。所以在有资格直

升全市最好的中学高中部的情况下,他申请了载厚高中的奖学金。

九桑爸爸很纳闷,问九桑这么做的原因。

"我认为我需要向你们证明:我能不仰仗家里的经济支持,依靠自己的力量完成学业,同时丝毫不怨恨父母。"

九桑心平气和的解释,却被爸爸当作了战书:"你到底想证明什么?证明我对你爷爷奶奶太刻薄太计较了吗?"一向谦和克制的父亲破天荒地暴跳如雷。

九桑无言以对。第二天九桑收到一条银行短信,之后每个月的这个时间他都会收到同样的银行提示短信,是父亲定时打到专门为九桑开设的银行账号里的三千元到账提示。他说,九桑不能阻止他履行为人父的责任,正如他不能剥夺九桑一定要拿着奖学金去念载厚高中的自由一样。

"在你三十岁之前,我都会定期往这个账号里打钱,作为你的教育基金。你用不用,是你的事。我给不给,是我的事。"

父子间的这场看不见硝烟的战争,静悄悄地拉开了帷幕。可是,亲人之间的战役,是没有输赢的。

九桑放下了手机,吁了口气。他无法说服父亲正如父亲不能说服他,这种僵持不下的局面真是……九桑决定暂且不去理会。"我想养只小狗。"他转移了话题。

"小狗?"

"狗?"

九桑的爸妈都觉得有些意外,但没有表示反对,毕竟他们也是很有自知之明的,在儿子包揽全部家务的情况下,他

第六章 少女在路上

们实在没资格表示反对啊。

"如果很吵怎么办？"

"不会的，中大型犬都不怎么爱叫的。"九桑解释。

"那挺好的，你养吧。"

九桑爸妈几乎同一时间吃完，向九桑嘱咐了一句让他慢慢吃就各自起身。九桑看了看吃完饭推开碗就离开饭桌的父母，无奈叹息一声，他长到这么大好像从未像别的孩子那样想过要养什么宠物，之所以这么反常是因为从很小的时候开始就不得不担起照顾家庭的责任了。

九桑坐言起行，当天晚上就去了附近一家网上口碑很好的宠物店。

店员热情地接待了九桑，聆听了他的需求之后，微笑着推荐道："如果你是想养一条女孩子会喜欢的狗狗，那么萨摩耶是很好的选择，颜值担当啊，微笑的天使名不虚传呢。"店员将九桑引到一只雪白的小狗前。"这只两个月大。"小萨摩长得十分漂亮，黑钻般的眼睛镶嵌在小小的V形脸上，只是眼神过于平静淡漠，九桑和它对视了一会儿，怀疑它可能不是很喜欢自己。

"还有别的选择吗？"

"要么就是贵宾犬。我们店里巨贵、中贵、小型和玩具都有。"

"贵宾？就是泰迪吧？"

"对。"

泰迪？No!No!No!（不！不！不！）九桑连连摇头，立即

否决了这个提议。他又转头看看那只小萨摩,"这只狗的性别是?"

"这是个妹妹呢。"店员说道。

很好。

"不爱叫吧?"

"你看你进来到现在,它可一声没叫过。"

九桑立即拍板决定就买这一只了。

九桑父母难得地中断工作一起出来围观新买的小狗。这只小萨摩耶和在宠物店里一样,非常淡定冷漠地面对着两位上下打量它的人类,像个凝住不动的雪白小毛球,只有在九桑妈妈伸手轻摸它头顶时微微侧了一下脸。

"真是物似主人形啊,这小狗怎么感觉和我们九桑一个调调?"

"你别说,还真是。"

"起名字了吗?我看就叫小九吧。"妈妈忽然童心大发。

"不错不错,这名字好。"爸爸竟然还附和起来。

九桑满脸无奈。

将从宠物店里一并买来的各种用品收拾好,九桑很快在他卧室的小阳台里给狗狗收拾出它的小窝,阳台是全封闭的,足够安全和暖和,九桑把小狗放进去。小萨摩淡然地在小窝里蹲伏下来,果然是展现出了一种超级优等生才会有的从容又略显倨傲的气度。

难道……真的像他?九桑觉得不可思议地摇摇头,关上了阳台和卧室之间的拉门。

第六章
少女在路上

没过一会儿,九桑听到"刺啦刺啦"的轻响,原来是小萨摩在用爪子刨抓玻璃门,它见九桑走近了,立即发出奶狗特有的又细又嫩的哀叫声,乌溜溜的眼睛也上下颤动,可见是真的害怕了。

九桑觉得好玩,他打开门,弯腰把身体轻轻颤抖的小狗狗抱了起来道:"怎么?不装啦?"小奶狗贴在九桑胸口继续瑟瑟发抖,九桑温柔地给它顺毛,但嘴里还不忘暖心地数落它,"你怎么可能像我呢,对不对?因为我从来都不装的。嘿嘿嘿。"

第二天中午,九桑站在走廊里,装作没看见正从教室里走出来的金宝宝。

"我有短信。"金宝宝从口袋里摸出手机。

"水杯给我。"何菇从金宝宝手上接过她的保温杯,和苏雪继续向水房走去。

"啊!"点开短信的金宝宝不由自主地发出惊呼的声音,然后迅速回复了一条消息。

九桑低头看看手机上的新短信:"好可爱啊!"

"也还好啦。"九桑一边回复短信一边装作不经意的样子向金宝宝走去。

"什么还好啊,超级可爱的!"金宝宝回复完短信一抬头才发现九桑已经站在她面前了。激动的金宝宝干脆一把抓住他的手臂,"你家狗狗真是漂亮极了,可是怎么看上去这么小啊?"

"刚养没多久。"九桑轻描淡写地圆谎。

金宝宝当然是完全察觉不到九桑话里的漏洞。"对了,九桑……"

"嗯?"

"为什么你会有我的手机号?"金宝宝的神情先是有点儿迷惑和黯然,但旋即转变为巨大的惊喜,小小的脸平平地咧开,笑容如砰然绽放的芙蓉花般灿烂。

"你不是也存了我的手机号吗?"九桑保持着淡然的表情。方才把短信发给金宝宝时,耳聪目明的他一眼就捕捉到金宝宝的手机屏幕上显示了"九桑"这两个字。姓都没加,直接就是名字,还真是……亲昵。

"可是……"金宝宝深知,以她的人缘,班上会主动存她号码的同学寥寥可数。

"怎么,你是要我删掉吗?"九桑依旧一本正经。

"不要不要不要不要……"头摇得像拨浪鼓一样的金宝宝情急之下抓住了九桑的手,仰头盯着他的眼睛,如出鞘宝剑般英气勃勃的双眉皱缩成可怜的形状,"不要删我!"

九桑终于装不下去了,"嗯"了一声,微笑起来。

"何菇,苏雪!"金宝宝兴奋地迎上从水房打好热水回来的好姐妹,"你们看!"她炫耀地把手机里九桑发给她的狗狗照片拿给两人看,"可爱吧可爱吧?"

九桑见三个女孩头凑头聚在一起看着手机,笑了笑,转身靠向走廊上的扶栏,斑驳的树影落在他身上像迷彩衣的图纹。九桑拿起手机,调出金宝宝的号码,把姓名那栏里的"金"字删掉。

第六章 少女在路上

只剩下"宝宝"。

回到教室后,金宝宝仍喜滋滋地抱着手机左看右看。何菇留意到苏雪一直有点儿闷闷不乐,问道:"苏雪你怎么了?"

"肯定又被刘震欺负了。"金宝宝在一旁插话。

苏雪咬咬嘴唇。

"不是说每天都带包子给他吃吗?"何菇问道,她一直以为两人相处得挺和谐的。

"昨天,他……他说我像字纸篓……"

"什么?"金宝宝义愤填膺地猛拍桌子。

恰好此时夏老师走进来,见到金宝宝桌面上弹跳起来的手机。

"手机都给收起来啊。上课时敢刷手机的都没收,而且绝对不还给你们,直接卖掉当班级活动基金。"夏老师轻点金宝宝的桌面,"你这款二手货卖得也挺贵的呢,还不收起来,是准备捐给老师吗?"

金宝宝赶紧把手机塞进书包,偷偷向夏老师做了个鬼脸。

何菇趁着上课前最后一两分钟,轻声安抚满脸委屈的苏雪:"别怕,没事,今天最后一天值日了,你不想去就别去了。"

"这样……可以吗?"

"没事,交给我。"何菇担保。

下午第一节课一下课,何菇就找到刘震,礼貌但坚决地向他说:"今天我替苏雪值日。"

"为什么?"刘震呆了呆。

"你不知道原因吗?"何菇反问。

刘震气不打一处来,他当然知道原因。把苹果核丢进苏雪外套的帽兜,还故意不还她的发夹,小奶猫一样温顺的苏雪终于也被他惹得恼火了。

"那好。"刘震斜睨了何菇一眼,"今天我让夏瞳替我。"

上一秒还能大气镇定地hold(控制)住局面的何菇立即服软:"为……为什么啊?"

刘震笑得很开心:"因为我乐意!"

没过一会儿夏瞳就知道了刘震的神来之举:"好兄弟,我简直不能更爱你了,来,亲一个!"

刘震在夏瞳的大头快靠上来时敏捷地向后一跃。两人此时刚好路过男洗手间,刘震一个后仰,整个人恰好侧身挡住了洗手间的入口。

"你堵哪儿不好?"夏瞳笑道。

刘震刚准备让开,有人猛地从洗手间内扑出来,撞得刘震一个趔趄。

"欸,长眼睛没?陈昭?"刘震看清扑向他的是谁,口气立即变了。"上厕所上这么high(兴奋)你……你脸怎么了?"

夏瞳也皱起了眉头,陈昭刚才是被人踹出来的吧?胸口一团灰印子,隐隐看得出鞋印的纹路。

夏瞳和刘震的神色都变得凝重起来。

几个男生鱼贯从洗手间出来。看到夏瞳和刘震都神色不善,赶紧笑道:"刚才不留神踩到陈昭了。"

夏瞳冷笑道:"陈昭难道是趴在地上不成?不然你怎么

第六章 少女在路上

不留神踩到他的？你真以为你腿长二米八啊？"

几个男生变了脸色，刘震当仁不让地向前一步，将夏曈和陈昭都护在身后。

"你（3）班的吧？"夏曈指着其中一个男生发问，"舍近求远跑这儿来上厕所干啥？今天微信步数不够吗？"

"关你什么事！"

"呵呵。"夏曈转头向陈昭说，"是他踹你的吧？刘震，脱了他的鞋，打上结咱们拎去找班主任。"

（3）班的男生猛然变了脸色。载厚高中对校园霸凌行为的严惩和对考试作弊的处罚一样令人胆寒，都是发现一次立即开除，没有任何转圜余地。

陈昭忽然说："是我不小心。只是一场误会，没什么。"

夏曈和刘震一起诧异地转头看他，陈昭贼兮兮地使了一个眼色。

等那几个男生离开，夏曈才双手环胸，拖长语调问陈昭："大少爷，你这到底是在唱哪一出？"

"我哪会唱戏？"陈昭嘿嘿笑道。

"这可是一出大戏啊。王子殿下微服出巡，遭宵小欺凌，等真相大白那一天，很多人得给你跪下吧？"

陈昭笑得更欢畅了，显然正在脑补找他麻烦的那些男生知道他真实身份后的可笑反应。

"都挂彩了。"夏曈看了看陈昭破了皮的额角。

刘震立即从口袋里摸出一个创可贴递过去。

陈昭道了谢，嘴上不忘客套："果然一分汗水一分收获，

运动健将不是那么好当的啊。"

"这事你就这么算了？"

"嗯。"陈昭不以为意，"我自己能解决，不用麻烦你们替我出头了。"

夏瞳和刘震对视了一眼，一起点点头。陈昭话说得挺客气，但言下之意却是不要夏瞳和刘震多管闲事。

"再说了，今天这事去找老师也没用。我确实一走出隔间就被绊倒了，这个可以解释为'对方不小心'，摔倒后有人把脚'踏'在了我胸口，这同样可以被解释为'不小心踩到'的。卫生间虽然没有监控录像，但当时有别的学生在场，他们不可能为了我违心地做证，那几个是故意找茬揍我的，因为看上去确实很像一个连锁发生的意外。"陈昭平静地解释。

"这些人为什么总是针对你？"刘震皱眉问道。

一旁夏瞳刚要说话，一群女生嘻嘻哈哈地走过，倪亦柔走在中央，被其他女生众星捧月地簇拥着，她看到夏瞳和刘震，立即报以微笑，视线移到陈昭脸上时，笑容也没有任何改变，直到她发现陈昭额头上的伤口。亦柔有些担心地看着陈昭，明亮的大眼睛里流露出担忧。

陈昭咧嘴一笑，顺手撕开创可贴，"啪"地往脑门上一贴。

"别看了。"夏瞳好气又好笑，等倪亦柔她们走远，说道，"公开表示崇拜倪亦柔的都够凑几场球赛了。难怪那些人盯着你狠揍。"

他们（1）班的"鲶鱼"，九桑已经被"证伪"，他那种无可挑剔的优等生人设，没什么人敢轻视他。何菇是女孩子，又特别谨小慎微，处处低调，想找她麻烦都抓不到把柄，而陈昭恰好相反。他和鲶鱼一贯的谨慎退让的形象完全不同，总是特别神采飞扬，特别潇洒自在，无形中侵犯了其他学生高高在上的优越感。再加上迎新舞会上他邀请女神倪亦柔跳了第一支舞，这成了这次矛盾爆发的导火索。

"你故意假装自己是'鲶鱼'，不是为了试探倪亦柔的人品吧？"夏瞳突发奇想。

"这种万年老梗，你好意思说我都不好意思用。"陈昭笑道。

"这个梗真的又老又俗。"刘震也在一旁附和。

夏瞳朝天空翻了一个巨大的白眼："对了，我们班另外那个'鲶鱼'到底是谁？"夏瞳想起有一次辰羮说漏嘴讲出他们班确实是有三个拿奖学金的学生，陈昭显然不是，但他应该知道到底是谁一直潜在暗中假装自己不是'鲶鱼'，以陈昭特殊的身份，他绝对能接触到这种对别的学生严格封锁的信息，毕竟若干年后，将继承祖业成为载厚中学幕后大boss（老板）的人就是他啊。

果然，陈昭神秘地冲夏瞳眨眨眼，特别亲昵地伸手搂住夏瞳的脖子："来，我告诉你。"

刘震也凑到近前。

陈昭压低了声音，向四下看看，越发神秘地向刘震夏瞳说道："你俩可不能告诉任何人啊。"

"知道。"

"你放心好了。"

夏瞳刘震一起保证。

"好,那我可说了啊。"见夏瞳刘震充满期待地竖起了耳朵,陈昭清了清嗓子,"这——是一个秘密。"

周末最后一节仍是艺术课,对于何菇来说,每周的校园生活都结束在自己最为喜欢的课程后,感觉上就像画了一个特别完美的句号。课程一开始原老师就点评起上次学生们上交的画作,她选出了三幅最有代表性的,首先就是何菇那幅《沙汀仙鹤图》,何菇猝不及防,表情一下变得紧张起来。

"这一幅无疑是所有同学当中表现力最好,技巧也是最好的。"原老师夸奖道。

第二幅是亦柔的。原老师一将画幅展示出来,陈昭的眼睛就亮了起来。亦柔画了一条裙子,正是迎新舞会那天她穿的,层层叠叠的蕾丝都被细腻地展现出来,围绕着舞裙,亦柔还画了当天戴的玫瑰腕花、船口浅帮的羊皮鞋、羽毛面具,还有……陈昭的视线落在画幅的一角,他有点儿不敢相信自己看见的,黑色的佐罗面具?

"这一幅非常美,画得特别精细工整。"原老师望向亦柔,也赞许地点点头。

亦柔立即得体地微笑,等老师转开视线,她才飞速地瞥了何菇一眼。她承认何菇也画得很棒,但真的比她还好?

"然后这一幅,"原老师将画幅缓缓展开,金宝宝立即"哎哟"喊了一声。"单就技巧而言,这可能是全班最差的,但这幅老师却特别地喜欢。"原老师忍着笑说道。

简直可以媲美幼儿园小孩蜡笔画的拙劣笔法,加上卡通猪和钱币这种奇怪的组合,班上绝大部分同学都目瞪口呆,这幅老师最喜欢?

"那么借着金宝宝的这幅作品我想阐述一下我个人对于何为艺术创作的理解。"原老师说道,"艺术创作并不是什么高不可攀的事情,如同愤怒时会呐喊、开心时想歌唱,是一种自然而然的表达,不是为了取悦任何人,只是为了表达自己心中所想,用自己看待这个世界的带着强烈个人烙印的方式尽情去表达。真正的艺术创作都是无功利心的,不是为了获得外界的赞赏或认同,真实地表达自己,引起别人的共鸣和为了引起别人共鸣而刻意去表达是截然不同的两件事,后一种,用现在的说法,叫作矫情。"

原老师话音刚落,同学们笑作一团。

"真正的艺术永远自带天然的感染力,'人同此心、心同此理',只要你真的能表达出内心最本质的东西,就一定能引起别人的共鸣。金宝宝同学这幅作品,就淋漓尽致地展现了她对妈妈的爱。"原老师指着被各种钱币环绕着的穿木耳边围裙的猪扑满妈妈道。

"欸,不对啊,老师,这明明是展现了她妈妈对钱的爱啊。"有人唱反调。

金宝宝循声恶狠狠瞪过去,但同时也心虚地涨红了脸。

"用这么可爱的方式表现出了她妈妈的个性,不正好说明了金宝宝是爱她妈妈吗?"有人声音清冷地反驳,"优点也好,缺点也好,只要关系到自己的妈妈,在孩子的眼里都是闪光的。儿不嫌母丑的引申意义不正在于此吗?"

"是的。"原老师笑着点点头。

金宝宝不敢相信地转头看看挺身而出为她辩白的九桑，不过此刻她顾不上感动和害羞，脑袋一转对着方才挑刺的男生狂怼起来："对啊，我家就是有很多钱，那又怎样！怎么了？你这么清高，有本事这辈子你一分钱都别花啊！"

"好了好了。"原老师赶紧制止暴跳如雷的金宝宝。

九桑坐在座位上笑着轻轻摇摇头，这个金宝宝可真是看家护院的狗狗性格，自己在意的人或物，别人诋毁一个字都不行。

代理班长相当负责，原老师点评完毕，她就提出如果三位同学没意见她想把这三幅画挂在教室公告栏内。亦柔和金宝宝立即答应了，何菇犹豫了片刻也只好答应下来。

这一节课以艺术理论为主，但原老师深入浅出又密切结合当下的流行文化，即使原本对此毫无兴趣的学生也听得津津有味，教室内笑声不断。

临近下课的时候苏雪就开始收拾自己的东西，下课铃声一响，她就背起书包拎起文件袋，向何菇感激地看了一眼，匆匆离开了教室。

坐在教室最后一排的刘震默默注视着苏雪的一举一动，直到她的背影完全消失。

何菇要代替苏雪值日，所以没有立即离开，金宝宝也是，她跑到讲台旁，仰头向原老师发问："原老师，你真的觉得我的画也能算是艺术创作？"

原老师微笑看着表情忐忑的金宝宝："只要你是将你所

第六章 少女在路上

感受到的最有冲击力、最有启发性和最美的东西,用自己的方式表达出来,就是艺术创作。"

金宝宝似懂非懂地点点头。

同学们三三两两地结伴离开教室,九桑想听听金宝宝在和老师说些什么,装作鞋带散了的样子在讲台附近蹲了下来。

"那我也有资格参加学校的艺术展吗?"

"当然。"

"金宝宝,你没参加过艺术展吗?"走到何菇座位旁准备和她商量值日事项的夏瞳随口问了一句。

"参加过啊。我还拿过区里小学生绘画比赛一等奖呢。"

夏瞳、何菇以及正在蹲着"系鞋带"的九桑都露出十分震惊的表情。

"但是被很多人吐槽了,因为他们觉得第二名第三名的水平比第一名强多了。"金宝宝很淡定地叙述着自己的获奖往事。

大家都无语了。

原来金宝宝还有过这等辉煌事迹啊。

原老师忍着笑,轻轻拍拍金宝宝的肩膀:"你放心,老师绝对公平公正。如果你的作品能参展,一定是因为实力足够。"

金宝宝眼睛一亮:"老师说话算话哦!我这就回去准备新的作品!"

"嗯!"

原羚郑重地伸出手和金宝宝握了握:"君子一言!"

金宝宝只管咧着嘴傻笑,何菇只好贴在她耳边教她:"你说,驷马难追。"

"四(驷)马难追!"金宝宝学舌道。

夏瞳在一旁看得直乐,蹲着"系鞋带"的九桑则差点儿失去平衡。

"九桑?"金宝宝这才发现九桑。

九桑找回重心,稳稳站了起来,不顾夏瞳和何菇正看着他,坦然向金宝宝提议:"一起走?"

金宝宝愣了一下:"好!"应完就要往教室外冲,何菇不得不拉住她:"你的书包!"

"对了,何菇,艺术展的事,老师还是很期待你的作品哦。"原老师离开前又向何菇嘱咐了一句。

何菇被动地笑了笑。其实艺术展,她是打定主意不要参加的。载厚中学之所以这么强调素质教育,是因为绝大多数同学根本不走高考这座独木桥,班上同学聚在一起谈论最多的话题之一就是想去哪个国家留学,但她不是。她又不是艺术类考生,何必平白无故地在这方面耗费时间精力,引来不必要的关注和赞美?

虚荣心也是奢侈品,但现阶段她是无力去追逐的。

出乎何菇意料,和夏瞳一起做值日竟然十分顺利。这和刘震惫懒的完全态度不同,夏瞳很认真地和何菇分担了值日任务,甚至还帮何菇完成了她未完成的部分。

娴熟流畅的动作表明,夏瞳是经常干家务活的,而且劳动态度特别端正,绝对不会嫌脏嫌累。何菇原以为像他这种

第六章 少女在路上

家境的孩子一定是四体不勤,都是传说中的"地主家的傻儿子",没想到是自己错了。

这个发现让何菇觉得有点儿可怕。出身比自己好、在起跑线上远远领先于自己的人却比自己更加努力,而且是全方位的努力,丝毫没有因为家境优裕而放松对于自身的管理。这很难得啊!

面对这种毫无短板的对手,她要怎么在竞争中获胜?她能做到的,都是他们也能做到的。他们所拥有的资源和支持,却是她可望而不可即的。她到底要多努力才能有机会改变自己的未来,为自己和妈妈争取到相对较好的生活?

将所有扫除工具归位后,何菇站在窗前,没有遮挡的视线可以望出去很远,几乎将学校一半风景尽收眼底。

名家规划与设计的建筑群呈现出复古式的拙朴凝重,修葺平整的草坪茵茵如毯,蓝天如同一大块极其平整的幕布衬托着这美好的一切。何菇想起妈妈那间外墙发黑、门头积满灰尘的理发小店,想起她们家那间刮大风窗户会哐哐作响的旧屋,还有一下暴雨就会被下水道漫出来的污水淹掉的整条旧街。

何菇并不嫌弃自己出生长大的破旧老街,可是这个世界美好的地方那么多,她想置身其中,难道算是贪心吗?

夏瞳将手洗干净走到何菇身旁,发现她正望着窗外出神地想着什么,露出有些凄楚的表情,看上去格外地楚楚可怜。

夏瞳情难自禁,脱口说出:"能和你一起值日真是荣幸。"

何菇诧异转头,一起打扫卫生而已,有什么好荣幸的?

但夏瞳满脸的真诚,何菇不得不点点头表示附和。

"这可是我和你共同完成的第一件事情。"夏瞳动作夸张地左右打量着窗明几净的教室。

何菇更加尴尬了,这话听上去怎么感觉有哪里不对啊?

"不知道我能不能有更大的荣幸,"夏瞳戏剧腔十足地说,"请你担任我即将拍摄的电影短片的女主角呢?"

夏瞳都数不清他这是第几次向何菇提出同样的要求了。见何菇露出为难的表情,夏瞳怕她直接回绝,马上说:"你不用马上答复我,对了,你能不能给我看看入学申请时你到底交了什么作品?"上次听原老师提到这件事时,夏瞳就觉得十分好奇。

何菇没想到夏瞳会提起这个,有些意外:"没什么好看的,很普通的东西。"

"谦虚了吧?"夏瞳笑道。

何菇摇摇头。

"你知道就算你不肯给我看,我也是有办法搞到手的。"夏瞳半开玩笑半认真地说。

"真的没什么好看的。"何菇不明白为什么夏瞳总是毫不掩饰他对她的兴趣,即使她已经努力和他保持距离了。夏瞳想要接近她、探知关于她的一切的热切态度让何菇觉得无从招架。"值日都做完了,我先走了。"何菇拽起书包,丢下这句话,落荒而逃。

夏瞳不依不饶地追着何菇的背影喊:"我真的能弄到手的,不骗你哦。"

第六章 少女在路上

何菇跑得更快了。

夏瞳站在原地反省,他最后吼那一嗓子算怎么回事?那么急赤白脸的简直快像刘震一样可笑了。可是明明知道这样很掉价,可是……就是完全忍不住啊。

陈昭一回到家,妈妈就告诉他,爷爷在书房等他。

陈昭转身上楼,手机忽然响了一声。

"Can I ask you a faver?(你能帮我个忙吗?)"

陈昭一看乐了,夏瞳这绝对是真有事求他,都不好意思直接用中文说:"你能帮我个忙吗?"

陈昭回复了一个龇牙咧嘴的笑容表情符,外加一句:"自当为君分忧,略尽绵薄之力。"

陈昭都能想象出夏瞳收到短信时满脸作哕的表情。

"我想看何菇入学申请时提交的所有资料。"

陈昭想了想回复道:"这可不是略尽绵薄之力就能完成的,须得我排除万难殚精竭虑方能有一线成功机会。"

按完发送键后陈昭一边上楼一边默默数秒,等他觉得让夏瞳失望的时间足够长了,这才又回复了一条:"等我的好消息吧。"

同一时间,夏家,夏瞳拿着手机烦躁地敲击自己的掌心,他以为陈昭是委婉地回绝他了,忽然又有一条新短信提示,来自陈昭:等我的好消息吧。夏瞳这才反应过来自己是被陈昭耍了,长了一张狐狸脸的家伙果然是狡诈!

恶作剧成功的陈昭笑眯眯地收起手机,敲敲书房的门。

"昭昭,"陈儒忠自书桌后抬起头,慈爱的笑容忽然被

惊讶取代,"你的脸怎么了?"

陈昭这才想起下午在洗手间那场冲突中他额头上磕破了一块,刘震还当场借了一个创可贴给他贴上。刚回来时妈妈在做面膜和他说话时都没睁眼,所以没发现他脸上带伤,陈昭自己也给忘了。

"哦,和同学打球时不小心碰到了。"陈昭轻松地说。

"所以说你们这些毛头小子啊,就是毛手毛脚。"陈儒忠笑道。他再目光如炬胸有韬略,他也猜不到他唯一的亲孙子竟然会在自己一手创立的学校里遭到霸凌。"昭昭,你们开学也有大半个月了,来,和爷爷说说你对载厚中学的看法。知无不言,言无不尽啊。"

陈昭乌黑的眼珠子灵活地转了转,嘴上抹蜜似的说道:"学校硬件条件就不用我夸了,有爷爷做财力支援,这么大的手笔,别说高中,大学都能建好几座了。"

马屁拍得恰到好处,陈儒忠哈哈笑起来:"好了小家伙,爷爷想听吹捧,去公司开会就行了。"

"载厚让我觉得最大的与众不同之处在于,所有老师都很年轻,而且都很热血,很有信念。"陈昭正色道。

"很好。"陈儒忠赞许地看着爱孙,他起身走到窗边,向陈昭招招手,示意他过来。

陈昭走到爷爷身边,小时候他总觉得爷爷特别高大强壮,如山如岳,如今站在爷爷身边却发现,原来他们的身材已经相差无几,不用多久,他的身高应该就能超越爷爷了。当年那个坐在爷爷膝上跟着爷爷学认字的小男孩飞速地长大了,而与此对应的,则是爷爷的衰老。

"载厚中学的每个老师的录用,都要经过我最后的审核。除了学历和资历,爷爷还要看他们是不是有自己的教育理念并有决心贯彻始终,为人是不是正直,是不是有社会责任感。"

"爷爷为了这所学校真是用心良苦。"陈昭轻声道,这次他不是在拍马屁,而是莫名有些心疼爷爷。

"这个担子迟早是要交给你的,再苦你也推不掉。"陈儒忠哈哈一笑,"昭昭,你知道载厚这个名字的来历吗?"

"知道。"陈昭挺直脊梁,朗朗诵道,"天行健,君子以自强不息,地势坤,君子以厚德载物。"

"爷爷没有预言的本领,不知道以后这个世界会变成什么样。可我总希望它能变得更好。现在这个社会,生活富裕得多了,可是人心反倒变得没那么好了,拼了命地想赚钱,为了钱不择手段,总觉得顾好自己就行了,礼义廉耻公序良俗什么都不顾了。可是,这样肯定是不行的。人活在社会上,必须学会推己及人,己所不欲勿施于人。说到底就是一定要有社会责任感。"

陈昭点头。

"让小孩子拥有社会责任感最好的方式,不外就是让他们多接触社会责任感强烈的大人,言传身教,潜移默化,才是最好的育人方法。"

陈昭再次点头。

"仁而无忧,知而不惑,勇而无惧。"

"此乃君子三德。"陈昭应道。

陈儒忠满意地点头,然后转向窗外,他的目光远远望去:"十年树木,百年树人,而百年至少需要三代人的积累,由爷爷算起,到你为止,也许,很快就是收获的时间了。"

开学至今,何菇默默地收集各种信息,当得知学校会在二年级下学期开始对有意向参加高考的学生开设专门的小课,安排老师特别辅导时,何菇松下一口气来。应试技巧说白了是一柄克敌制胜的刀,很好,学校最后会帮助她磨刀。

另有一项让何菇觉得意外的福利是,教科书可以从图书馆借取,笔记本电脑竟然也可以,而且是最好的品牌的最新款。只要按照规定的程序申请,就能借到一台,毕业前归还学校即可,哪怕借用期间损坏了也不要紧,只要不是故意的人为破坏。电脑里除了有些不能卸载的预先设定的程序,以及学校技术人员可以全程追踪电脑的使用情况这点不足之外,完全就是白送给学生的。如果有需要,甚至还可以一起申领 iPad。

虽然是非常慷慨的福利,但除了何菇这样的学生,别的孩子根本懒得去享受。何菇害怕别人笑话她眼皮浅,所以只外借了一台笔记本电脑。

有了这台电脑,何菇就不必再去网吧上网了,只要将每个月手机套餐的免费流量开一个热点,在家就可以用电脑连接上网,反正她用得不多,除了查找资料,就是更新自己的个人博客。

本来何菇迎着光坐在窗下,忽然间感觉到视线暗下来,她向窗外看了看,只见不久前还织锦般绚丽的晚霞被一大团

第六章 少女在路上

一大团烂棉花似的乌云遮住。

"怎么秋天了还说变天就变天?"

"老天爷多喜怒无常,任性嘛!"

妈妈吃完晚饭,稀罕地看看何菇新领的电脑,很快又出去看店了。

何菇把餐具洗好擦干,又玩起电脑来。人生中第一次拥有自己的个人电脑,心情难免激动,何菇很想立即更新一篇博客。

"小公主在路上"原本这里就像何菇的个人网络日记,近来却逐渐有了几个访客。

何菇知道夏瞳在看这个博客,不过他应该还不知道她就是博主。上次做完心理辅导,辰老师也在看这个博客。还有……倪亦柔。何菇希望自己是想多了,但种种蛛丝马迹显示,亦柔看了她博客里的游记。

没一会儿,妈妈又回来了:"外面下大雨了,今晚大概不会有人来了。"

何菇笑笑,她知道一到阴雨天妈妈手指就会痛,她也是借机休息一下。

妈妈见何菇捧着电脑出神,就一边搓手一边向她说:"注意保护眼睛啊。得了近视眼那可难看了,天天扣俩酒瓶底在脸上,长得再好看也立即变成癞蛤蟆了。"丢下这句妈妈就去洗漱了。

何菇仍在纠结亦柔有没有抄袭她博客的事,亦柔一向是超强的完美人设,她有必要干这种下三滥的事吗?更何况何

菇并不认为她的那些虚构的游记好到值得被抄袭的地步,倪亦柔想写,分分钟写得出来啊。

可是,她刚写完《孔庙游记》,第二天就有同学和倪亦柔谈论起孔庙,她们对话中的一些细节,令何菇几乎能肯定亦柔确实抄了"小公主在路上"里面的虚构游记,然后以她自己的名义发在了朋友圈。

妈妈又回到房内,用润肤霜抹完脸,取出金宝宝送的那管护手霜,小心翼翼地挤出黄豆大小的一丁点儿,仔仔细细抹在手上。

何菇看到了忍不住说:"你用那么省干什么?用完了咱再买好了,我知道网上有代购的。"

"嗯,用完就买!"妈妈马上说。

何菇知道她虽然说得豪气,但绝对不可能花几百块买一支护手霜,不管效果有多好。想到这里,何菇心中不由得一阵难过。

"你一直抱着电脑干什么呢?用体温给它预热吗?"妈妈察觉到何菇的情绪有点儿奇怪。

"妈妈,如果有人抄我的东西怎么办?"

"又有人考试抄你答案啊。"何菇妈妈叹口气,何菇之前也经常遇到类似的事,但因为不想得罪同学,每次都选择隐忍过去。

何菇"嗯"了一声。

"那,"妈妈笑起来,"就当做善事吧。"

正确的做法当然应该是挺身而出揭发这种错误的行为。

妈妈知道，何菇也知道，但就像她们在马路上看见有人行窃，她们是不敢吭声的。孤儿寡母，无所依凭，她们的弱势决定了绝大多数时候都必须逆来顺受。

"不管怎么说，并不会影响你的成绩对吗？"妈妈温柔地摸摸何菇的脑袋。

何菇笑着点点头。就算亦柔真的抄了她的博文又怎么样？亦柔剽窃了她的文字并因此得到了别的同学的追捧，和她又有什么关系呢？就像原老师今天在课上说的，艺术创作是因为自己内心有想要表达的热望所以才去表达，并不是为了赢得别人的赞美而去表达。对她来说，那种思如泉涌、下笔如有神的写作过程才是最重要的。作品完成后的一切，都无所谓了。

这么安慰着自己的何菇感觉到心底的愤怒正一点点消退，她舒了一口气，然后，毫无征兆地，她开始流泪。

这些天内心一点点积攒的委屈似乎发酵出了柠檬的酸涩，令她觉得难过的除了亦柔的剽窃，还有不能及时领到校服的尴尬，舞会时只敢在学校礼堂外徘徊的落寞，在食堂里的精打细算，申领电脑时的忐忑，她总是害怕会有人向她投来异样的目光。她必须时时刻刻提醒自己和别的同学的不同之处，不断告诫自己绝不可以行差踏错。

为了能顺利度过求学生涯中最为重要的三年，她极力降低自己的存在感，很多事情都主动回避。可是，哪个心态正常的女孩子不想自己光鲜灿烂，不想自己被众星捧月地环绕，不想被赞美声淹没呢？

这些她本来都有资格享有的,如果她的家境再好一点儿的话。这个念头从心底冒出后,何菇哭得更凶,觉得自己这么想简直罪大恶极,太对不起妈妈了。

"哦,我的乖女儿,"何菇妈妈立即向何菇张开双臂,"来,到妈妈这儿来。"

何菇虽然已经是接近大人的身高了,但她很瘦弱,团起来只有小小一团,妈妈几乎将她完全抱住,轻轻地前后摇晃,当她还是个小婴儿一样安抚着她。

"今晚和妈妈一起睡吧?"感觉到何菇的抽泣声渐渐止息了,妈妈提议。

"才不要,晚上肯定被你一脚踹下来。"

何菇回到自己的小床,劳碌了一天的妈妈很快就入睡了,但心潮起伏的何菇仍是无法平静,内心有什么东西急切地需要倾吐。

何菇打开了电脑,轻轻的打字声应和着窗外淅沥的雨声。

离开垦丁时天气依旧晴朗,下一站花莲,我记起旅途中遇到的一对周游世界的北欧夫妇曾说,花莲是整个亚洲他们最爱的地方,因为美丽安宁又淳朴。抵达花莲时,果然我立即感觉到一种外婆家式的陈旧和谧静。小时候在外婆家度夏的记忆又鲜活地跳跃在脑中,我几乎再次听见了村口小花狗欢快的汪汪声,池塘被盛放的荷花填满了,翠的翠、粉的粉,邻居家的姐姐划着木质的旧澡盆,将我带到池塘的中央,'扑哧扑哧',塘底的淤泥像是发出了笑声,她采下一只莲蓬,剥出莲子，去掉苦心，我"啊呜"一口，新鲜的莲子真是又脆又润。

　　花莲的海边也全是好吃的东西，最棒的就是撒了大片大片紫苏叶的烤鱼还有芒果刨冰，我一口烤鱼一口刨冰，感觉把整个夏天的炎热和甜美都吃进了嘴里。

　　吃饱喝足后，我跪坐在细柔得像白砂糖一样的沙滩里，画了一朵和阳光一样灿烂的向日葵。

　　时间不知不觉地流逝，我再次抬起头时，悚然惊觉，沙滩上竟然一个人都没有了。乌云像是打翻的墨水顷刻间染黑大半个碧蓝天空。海浪狰狞地翻腾狂啸，涌上岸来，我呆呆看着刚刚完成的向日葵沙画瞬间被冲刷得无影无踪，直到这时我才想起之前当地人的警告，花莲的海域和垦丁不同，有些地方会出现疯狗浪，所以不能太过靠近。

　　汹涌的浪潮卷着我的双脚，如同食肉植物的可怕的茎须，我感觉到自己被卷走了。

　　被卷向未知的、黑暗的、恐惧的所在，彻底被吞噬。

　　何菇写到这里停了下来，又过了片刻后，她飞快地在键盘上打出两句话，将这篇虚构的游记匆匆收尾。

　　忽然有人对我伸出手。我被爸妈从沙滩上提溜了起来，向日葵沙画仍完好地绽放在沙地上，原来我是不知不觉睡着了，被微凉的海浪一遍遍轻舔脚底，所以做了这样一个可怕的噩梦。

　　何菇收起电脑,窗外的雨声已经完全停了下来,被褥吸满了水汽凉沁沁的,何菇蜷紧身体,试图使自己睡得舒服点儿,但一闭上眼睛,方才在脑海中闪现过的那个画面就又浮现起来,因为知道夏瞳也在看"小公主在路上",所以她没敢写下这个画面。

　　"何菇!"有人对被可怕的巨浪卷走的她伸出了双手。

　　她被拽了回来。

　　恶浪消失了,大海消失了,无尽的黑暗也消失了,她的眼前只剩夏瞳含笑的脸。

　　"何菇,"他锲而不舍地再次提议,"来,做我的女主角。"

(本季完)

一本正经的后记

1. 关于载厚中学

在我们这种人情社会,逢年过节亲戚们都要欢聚一堂。往前推二十年,各家都是骑着自行车去的,但如今每家都是开着车去聚会地点,虽然都是车,却也有奔驰宝马和奇瑞夏利的区别。圆餐桌上靠着坐的妯娌姐妹可能一个背几万元的包,一个背几百元的。

这种时刻,总是最能感受到,经济发展改变了我们所有人的生活,而且是全部都变好了。

毕竟几万元的包和几百元的包,都是包,都挺结实,都能装东西。

大人们彼此很和睦,小孩们也凑成堆玩得很开心。光看这些小家伙同样开朗的表情,会让人以为他们过的是差不多的生活。

但实际上,年龄差不多的两个小姐妹,一个已经跟着父母周游过全世界,一个连跨省游都没玩过。一个从幼儿园开始念最好的国际学校,另一个却遵守就近入学的原则,念普

通的学校。

当然,她们都同样有学上,都受到父母呵护,都是幸福的小孩。

当小妹妹羡慕小姐姐可以经常去国外玩的时候,小妹妹的妈妈安慰她,"你好好学习,以后就能和小姐姐一样了。"

在我这一代人小的时候,家境不同的小孩也都是在同一所小学读书,比如国企总经理的孩子和基层员工的孩子是同班同学。可是随着时代变迁,这样的情况越来越少见。

我在《小鲶鱼》里设计载厚中学的初衷之一,就是将像何菇这样家境比较普通的孩子,放置在最好的教育环境中。毕竟,几百块的包和几万的包这种差别,可以一笑置之,但教育上的资源分配差别,却是一个应该解决的问题。

在《小鲶鱼》里,何菇和亦柔这两只小鲶鱼的存在,不断提醒所有的大人,对任何一个孩子来说,安身立命之本,都是他们所受的教育。最终载厚中学进行了招生制度的改革,小范围内解决了这个问题。

2. 关于夏瞳

夏瞳是《小鲶鱼》的男主角,他是个有点儿任性的小孩,背负着孪生兄弟早逝的阴影。通过这个人物,我想表达的是在成长过程中如何学会好好地和自己的家人相处。父母的爱,总是比你所能想象的极限还要更广博更深邃。

夏瞳热爱电影,立志成为电影大师拍出传世之作,在这个人物身上加载这个设定,是因为我身边就有一个这样的小男孩，有一天突发奇想说他长大后要当个全世界都知道的大导演。

他的父母并没有嘲弄他的不自量力，反而开始陪他一起看电影，一起学习制作短视频，甚至认认真真陪着他研究成为一名导演的步骤是什么。

所以不久前我又遇到这个小家伙，他兴致勃勃告诉我说，他以后要去纽约大学念书，因为那里的电影系是最棒的。

我觉得他的父母才是真的棒，无条件地支持他的一切选择，哪怕是捕风之梦。为了不湮灭他学习新事物的热情，也为了他能更快乐地成长。

3. 关于刘震

刘震是一个天才儿童，有一个非常酷的妈妈。

这个人物的灵感来源是我无意间听说一个朋友的小孩出生在美国，因为拒绝上幼儿园而被送去看心理医生，结果测出140的智商，紧接着就有专门的机构找到他主动要求提供给他终生教育基金。

还有就是一个远亲家的小孩，也是智力超群。

这两个小孩虽然成长在不同的国度，但有一个相同的特点，就是不太快乐。

我觉得所有的天才儿童都要面对的困境之一就是，虽然智力上他们已经远超大部分成年人，但心理上还是个小孩，依然会想去玩滑滑梯这么幼稚的游戏，依然会被别人笑出了鼻涕泡这种傻了吧唧的事给逗得哈哈大笑。但他们都被剥夺

了幼稚的权利，小小年纪就要背负"成大事"的期许。

在《小鲶鱼》里，刘震的妈妈为年幼的刘震做出的选择是，希望他平凡地长大，不错失成长过程中的任何快乐。

父母们其实也是在一代一代不断地进化，我记得我们小时候，几乎所有的爸妈对孩子的要求都是"你要听话"，但等我们这一代为人父母之后，有很多人已经学会鼓励孩子发展自己的个性，不再将孩子视为所有物和展示品，将子女的快乐成长视为重中之重，而不是望子成龙光耀门楣。

4. 关于金宝宝

《小鲶鱼》里有一个情节，就是金宝宝上了初中吃饭还要保姆喂，结果成为全校群嘲的对象。这个情节挺匪夷所思，像是编的，但其实是取材于现实生活中的实例。

我就认识一个这样的小女孩，家境富裕，父母很溺爱她。

聚餐一起吃饭的时候，她保姆就坐在她旁边，她双手捧着手机玩王者荣耀，保姆一口口喂她饭吃，鱼肉鸡肉都要先剔掉骨头，确保她咬起来不会觉得费力。

那是个非常天真爽朗的小女孩，很可爱，但她也确实是十来岁了吃饭还靠别人喂。

《小鲶鱼》里的金宝宝的成长背景大致就是这样的，她的人设就是：豪+废，但她不坏。

相反金宝宝内心赤诚，她是真正用平等的眼光看待每一个人，就像一个很小的小孩子，而且她很愿意去帮助别人，虽然每次用的方式都是令人咂舌的：砸钱，字面意义上的拿

个一百块去砸一砸。

在《小鲶鱼》里,金宝宝得到了九桑的帮助,摆脱了因为父母教育不当而变成废物的命运。

5. 关于九桑

九桑是个最标准的优等生,成绩优异,从不让父母老师操心,自立自强。但他也是几个主要角色中,性格最为阴暗也最叛逆的一个。

曾经有报道说,教育专家们对于我们国内顶尖的大学教育出的学生的社会责任感越来越淡漠表示担忧。钱理群教授将这些名校毕业生定义为"精致的利己主义者"。

所有有识之士都知道,最完美的教育结果应该是,越优秀的精英越是愿意承担更多的社会责任,所以儒家教育里最为强调的一点始终都是:仁。

而精致的利己主义者,恰好"不仁",他们奉行的就是现在的流行文化推崇的"我不爱这个世界""不关我的事。"

听上去确实特别欠揍,但只是单方面地指责这些学霸过于自私,是不公平的。这些明明具有成为栋梁、柱石的潜质的小孩为何选择成为一根独木,这和他们从小经历了什么、看到了什么,关系巨大。

率先败坏社会风气的并不是他们,这些早慧的孩子过早识穿了成年人社会的不堪,这能算他们的错吗?

不,我觉得更多的是大人的错。

在《小鲶鱼》里,九桑出场时是个看似温文尔雅实则冷酷的少年,他认为大人的世界虚伪阴暗、肮脏卑劣、无可救药,所以他一直在扮演一个无可挑剔的好学生,表面上遵循着所有的准则,但心里却嗤之以鼻。

虽然他能力很强,前途不可限量,但他从没想过要让这个世界变得更好,他觉得这个世界不配他的珍视和努力。

但九桑很幸运,并没有一条道走到黑,专注地自私自利一直到死,他遇到了金宝宝,金宝宝和他相比一无是处,啥都不行啥都不会,但金宝宝具有一个九桑没有的优点,她热切真诚地爱着这个世界和每一个人。

萌萌的金宝宝让九桑懂得了人心的美好,他开始试着通过金宝宝的双眼去重新看待这个世界。金宝宝对他而言,就是他的破冰人。当然这是小说世界才会出现的完美互动,真实的成长和改变要艰难很多。

6. 关于陈昭

陈昭是《小鲶鱼》里最为理想化的人物。作为家族继承人的他从小在国外接受教育,但同时也被爷爷严格地以"君子"的标准来要求他的品行,要克己复礼,要胸怀天下,要修齐治平。

陈昭的眼界要高于同龄人,所以在学校里所有同学都指责亦柔虚荣时,他却能理解亦柔不惜一切维护自尊是一种真正的骄傲。

他能理解,是因为他懂得普通人生活不易,并因为懂得而心怀悲悯。

约翰·洛克菲勒在世时是美国最大的富豪，他有一句名言，就是他所拥有的财富都是上帝的，他仅仅是这些财富的管理者。他在死后也确实把大部分财产捐赠了出去，但即使这样，他的曾孙依旧在接受公开采访时严苛地评判先祖在积累财富的过程中手段过于激进，伤及了无辜民众的利益。从中可见这个豪门世家，代代相传的是多么严格的道德标准。

而视约翰·洛克菲勒为榜样的微软创史人比尔·盖茨，一直致力于改善非洲的贫穷问题，并早早捐出了自己所有的财产。扎克伯格紧随其后。

对于自己凭借个人能力乘着时代的东风获得的财富，这些富豪都做到了取之于民，用之于民。

中国有句老话，叫"富长良心"。

设想一下如果一个人的良心会随着财富一起增长，那么社会上的财富最终会聚集在一群最善良的人手上，他们既是最懂得运用钱财的人，也是最为无私博爱的人，那么，这个世界无疑将变成一个最美好的地方，所有人都能够安居乐业幸福地生活。

这是一个过于理想化的设想，可是，梦想总是要有的。

陈昭就承载了这样的梦想。

7. 关于亦柔

亦柔是《小鲶鱼》里最美的一个女孩，也特别聪明优秀，

她一度是载厚中学所有学生心目中完美的化身,但随着故事的推进,她的真面目一点点暴露。

几年前我买过一个背包,包上有个粉色猩猩的挂件。作为一个老阿姨,我完全感受不到这个猩猩挂件的萌点,但这个粉猩猩挂件对五岁以下的小女孩有着魔法般的吸引力。我背着这个包出门时,不止一次被可爱的小妹妹偷偷尾随,她们的目光总是紧随着粉猩猩。

如果是排队的时候,跟在我身后的小女孩就会偷偷伸手摸、揉、捏这只粉猩猩,我还因此误会过有人在掏我的包。

有一天我背着这个包去一家新开的小面馆吃饭,这只粉猩猩又对一个小妹妹发出了磁石般的吸引力。这次被吸引的是面馆店主的小女儿,站在我椅子旁边,痴痴盯着粉猩猩,想摸又不敢,我立即摘下挂件给她玩,因为我从未见过这么漂亮的小女孩,皮肤雪白、五官完美。

面馆不大但收拾得整洁有序,面条也特别好吃,因为没有别的客人,我一边吃一边和店主夫妇攀谈起来。说着说着就讲到小女孩上学的事,店主夫妇说,他们很难让女儿在这里报名上学,所以明年要把她送回老家。

漂亮的小女孩捧着那只粉色的小猩猩,坐在角落一张小凳子上,安安静静地玩着。挂在墙上的电视里开始放一首歌,小女孩大概很喜欢这首歌,她忽然站起来,翩翩转了两个圈圈,平凡无奇的店铺内像突然开出一朵花。即使我完全是个外行人也看得出这个小小女孩的身材比例很适合去学跳舞。

可是她父母怎么可能送她学跳舞,他们甚至没办法让她留在城里上学。我心里替这个小女孩感到惋惜，这么好一个小姑娘和同龄人相比却远远落后在起跑线上。

又聊了几句，我结账离开，那个小女孩从后边追上我，把猩猩挂件还给我。我说"送给你吧"，她坚决不要。

我不知道是因为她父母教过她不能随便拿别人的东西，还是因为她天性就是这么骄傲。

我想象这个小女孩长大了几岁，就成了《小鲶鱼》中亦柔的雏形。

通过亦柔这个人物，我想探讨的是：面对逆境，面对不公，应该怎么做。在十几岁的年纪，可能有些极端的孩子就会选择和整个世界为敌。

在中二时期你也许能靠精神力量战胜整个世界，但等你升上中三呢？

"举世而誉之而不加劝，举世而非之而不加沮，定乎内外之分，辩乎荣辱之境，斯已矣。"这是庄子的智慧。

人生不可能一帆风顺，所以任何时候都要能认清自己、守住自己。

当然，这种人生大道理，说起来比做起来容易得多，亦柔也做不到。她在后续的故事里基本就是个反派般的存在，但不管她做错多少事，我都很喜欢她，因为我知道这个小孩穿着多不合脚的鞋子，一路走来有多艰难。

而且在故事的最后抛掉了完美的伪装，露出真实自己的亦柔，反而更加可爱。

8. 关于苏雪

苏雪软软甜甜娇滴滴,一言一行都能萌化人,是一朵不折不扣的温室小花,是全家所有人宠爱的焦点。

随着女性地位的提高,女孩富养的理念越来越深入人心,除了"应该让女孩从小享受最好的物质生活让她们长大不会轻易受到诱惑"这种片面的认知,国内大多数选择富养女儿的家长,更多地还是着重于培养女儿坚毅的心性、自信的风度,倾尽一切寻求最好的教育资源,为女儿增加能确保她们在面对激烈的竞争时占据优势的筹码,一生能有所成就,得到社会认可,巾帼不让须眉。

这样的教育方式是很可敬的,即使女儿天生娇弱,也要尽力尽心把她培养得铁骨铮铮顶天立地,而经受过这样的琢磨和淬炼的女孩子,也势必会成材成器。

但我觉得女孩富养还应该有另外一种方式,就是尽量为她提供宽松平和的成长环境,让她能够保有最纯粹的女性特质,尽情释放喜欢照顾和呵护别人的天性。

道德经里说,上善若水。有的女孩天生就是剔透且温柔的,如同澄净的水流,包容一切、净化一切、抚慰一切。

水,利万物而不争。同时,水也是天地间具有绝对力量的基本元素。

苏雪就是这样一个如潺潺小溪般透亮轻盈又柔软善良的女孩,后续的故事里她也会完成自己的成长,找到独属于自己的力量。

9. 热血的老师们

《小鲶鱼》里的载厚中学在创始人的教育理念的推动下,招募一批个性迥异但坚守着同样的师道尊严,为了学生们尽心尽力的优秀老师。简直堪称教师届的天团组合。

完美得不像话了喂!

在我念书的时候做梦都希望能遇到真的能理解我的知心老师,也希望能遇到道德上毫无瑕疵值得我去仰望的完美老师,也想要一个插科打诨间就能教会我人生大道理的可爱老师。

但这样好的老师,大概是可遇不可求的,我没遇到过,于是我就在《小鲶鱼》里,一款写了一个。

10. 壮美天地

几年前我去看了尼加拉瓜瀑布,游船驶到瀑布近前时,我下意识地发出了有生以来最为惨烈的嘶喊。那滚滚而下的壮阔水流如同雪崩般滚落在眼前,我第一次发现自己如此渺小,随时可能被无声无息地湮灭。这是真正的自然之力才能带给人类的惊吓。

直到确认这飞流直下的急瀑只是在我近前发出龙吼般的咆哮并不会伤我分毫,我才平静下来。然后我看到此生所见最壮美的景象。

巨瀑将天地连成了一体,极目远眺却望不到任何边界,水雾雪白,蓝天碧蓝,双彩虹蘸着太阳的光芒极尽璀璨,远

处隐隐有山川的轮廓，海鸟翩翩像是衔云而来。

适应了溅在身上的水带来的寒意，双肩和上仰的脸颊开始能感觉到阳光的热力，对自然的敬畏不知不觉间就变成了依恋，潜藏在血脉深处的古老信仰再度觉醒：神爱世人，每个生命都将各得其所。

我想每个觉得这个世界不可爱的人，都还没真正地见过这个世界。

每个觉得陌生人不值得在乎不值得爱护的人，都不曾真正懂得自己。

11. 最后，关于青春

我十几岁的时候，曾对人生有过许多不切实际的美好向往，也曾有过最纯粹的信念。

如今我的侄子也长成了小小的少年，会开始和我讨论一些正儿八经的问题。

我发现每一次我都是不假思索给他最正面的回答。我觉得我不能剥夺他内心正在发光的信仰，正如不能夺走一个小奶娃手里的棒棒糖。

向生活投诚，变得平庸，泯然众人，这是绝大多数人要经历的人生轨迹，如同衰老一样不可避免。可是年少时每个人都应该尽情绽放，热血正直无畏天真柔软善良，才是青春的标配。

日本国宝级音乐家坂本龙一说，他逐渐老去后开始向世俗妥协，背叛了他年轻时所坚持的一切，但他依然强调："年轻人总是对的。"

不再年幼又还未长大，人生没有比这更美的时光了。

最后的最后，关于后续的故事情节，我来做个不正经的剧透，在《小鲶鱼2》中，双面优等生九桑正式成为萌萌金宝宝的人生导师；狂热地沉迷于电影之梦的夏瞳为了说服陈昭帮他写剧本不惜使诈，号称祖传腹黑的陈昭游泳池里翻船竟然真的中招；何菇无心插柳在学校内受到关注，亦柔暗中生妒；苏雪仍是被刘震欺负得扁扁的，当刘震对苏雪说"我们需要平等地交谈"的时候，出了一个谁也没预料到的大纰漏。以下为精彩剧透：

"你跑什么啊？"

刘震有点儿气恼地攥住了苏雪的肩膀，大概因为过分高估了苏雪的重量，刘震自觉没用什么力气，苏雪却像被吸住了一样，身不由主就被刘震提了起来。

刘震想起运动会上苏雪纸片一样被一阵风吹倒的画面，不由莞尔而笑。

这是苏雪第一次看到刘震这么温和可亲的微笑，不由呆了呆。

刘震虽然是混血儿，但乍看基本看不出来，脸上仅有一丝极淡的异域感，像调和得极好的油画颜色，带着一种似是而非的意犹未尽，不同光线下会有微妙的变化。

被刘震提溜起来的苏雪,因为视线角度忽然变化,莫名觉得刘震有点儿陌生。

是让人小小惊艳了一下的陌生。

等苏雪回过神,发现自己双脚离地,而且离地了几十公分。

"你……你放我下来!"

又惊又怕的苏雪脸颊憋得通红。

石榴籽般,不,更像北美冬青的小红果。

他小时候卧室窗外就有一株被修剪得圆溜溜胖乎乎的北美冬青。纽约冬天极冷,又时常下大雪,经常一夜醒来,窗外的冬青树映着皑皑白雪冒出看上去鲜鲜脆脆的小红果子。

那是刘震童年记忆里最为鲜亮的一抹颜色。

他从来不舍得把红豆般的小果子摘下来,都是隔窗伸出胖乎乎的小短手,用指尖轻轻地触碰。

那时他还未满5岁,测出150的智商,不少教育机构主动联系刘震的妈妈,愿意为刘震提供奖学金。

上幼儿园的时候就能拿到高额奖学金,也不失为一种人生成就啊。可是刘震那时只觉得不快乐,因为他完全没有任何同龄的朋友。

虽然智商已经远胜于大多数成年人,但5岁小屁孩的价值观仍是幼儿式的,他能感觉到他和别的孩子的不同以及他们对他的排斥,他觉得自己是个小怪物。

刘震开始拒绝说话,像受到惊吓的刺猬那样团紧身体封闭自我。

之后不久，妈妈当机立断带他回国，并且执意让他按照正常的求学步骤按部就班地念书，尽力淡化他天才儿童的光环。

刘震也刻意不去回忆那段压抑的童年经历。

但冬青树上的小红果他却常常想起，一如此刻苏雪颧骨上最红的那两个点，都是这么鲜艳欲滴。

"你想干什么？快放我下来。"脚踩不到实地的感觉让苏雪很害怕，她天生嗓门小得像小鸟，即使声嘶力竭地大喊听上去也毫无威慑力。

"谁让你这么矮？我不把你提起来，我们之间怎么可能平等地对话？"刘震理直气壮。

苏雪瞠目结舌，所以平等的对话的前提是等高？"那你……你不会蹲下来和我说吗？"苏雪想了一下才想到反驳的理由。

刘震愣了愣，他觉得苏雪这个提议也挺有道理。他今天追上她本来就是想和她心平气和地好好聊几句的，要不是她忽然跑开，他也不会开启追逐模式。

虽然这样打比方有点儿丢脸，但苏雪一跑，他就觉得自己变成了看见掷出去的飞碟的哈士奇，非追到手不可。

"那好。"刘震双手卸力，准备放开苏雪，就在这时脚下忽然一滑，他本能地要重新找回平衡点稳住身体，但因为双手正提溜着苏雪的肩膀无从借力，只能借助腰背的力量调整重心。

等他勉强站稳时，下巴磕在了苏雪脸颊上，刘震有点儿懵，之后耳边闪过白噪音般的声响，脑海里也突然变成了信号中断后布满雪花的黑白屏幕。

苏雪短促的尖叫的声音就像被剪刀剪断了一样。

猛然惊觉自己闯祸了的刘震迅速松开手,转身就跑,姿态犹如北非大草原上一头发了疯的犀牛。

顺着栏杆滑坐在地上的苏雪一边抽泣一边伸出一只手反复按压左边颧骨,又把手摊开来看,确认没沾染上血迹,这才捡起被丢在一旁的书包,掸拭了一会儿弄脏的地方,这才小手微颤取出一面翻盖小镜子,向脸上照了照。

看清脸颊上的情况,她轻轻"呀"了一声,眼泪掉得更快。

又过了一会儿,苏雪单手抱起书包,拆开发辫,将头发打散了如小帷幕一样掩遮双颊,这才哭哭啼啼转身走了,她空着的那只手紧贴在左脸上,遮掩着什么。

是的,多行不义必自毙,在《小鲶鱼2》里刘震将领教苏雪亲友团的力量,尤其是身为环球旅行家的苏雪小姨的惊人的彪悍。